Carin Chilvers

Tod im Asemwald

Privatdetektivin R. Volk

Kriminalroman

SWB

Verlag

Umwelthinweis:
Dieses Buch wurde auf chlor- und
säurefreiem Papier gedruckt

1. Auflage 2011

SüdWestBuch, SWB-Verlag, Stuttgart

Lektorat und Korrektorat: Catrin Stankov, Bernau

Titelgestaltung: Sig Mayhew, www.mayhew-edition.de

Satz: Heinz Kasper, www.printundweb.com

Druck und Verarbeitung: E. Kurz + Co., Druck und
Medientechnik GmbH, Stuttgart www.e-kurz.de
Printed in Germany
ISBN: 978-3-942661-02-7

www.swb-verlag.de

1

Swaying room as the music starts
Strangers making the most of the dark
Two by two their bodies become one …

Es war ihr Song, zu dem sie tanzten.

Ihr Song!

Für den Bruchteil einer Sekunde huschte ein Ausdruck von Hilflosigkeit über Kleos Gesicht. Dann brannte sie lichterloh. Aus dem Glimmen war urplötzlich ein Lodern geworden.

Eine heiße Welle beunruhigender Gefühle durchlief ihren Körper. Setzte sie schachmatt. Setzte etwas in Gang, das sie erschreckte und ihr doch seltsam vertraut vorkam. Verrückte Gedanken sprangen sie an. Nisteten sich in ihrem Gehirn ein, teilten sich unkontrollierbar wie kranke Zellen. Verselbständigten sich und verzerrten mit der Wucht einer halluzinogenen Droge ihre Wahrnehmung.

Überwältigt schloss sie die Augen, um sie gleich darauf wieder zu öffnen und zwanghaft auf die Tanzfläche zu starren.

Es war ihr Mann, mit dem sie tanzte.

Ihr Mann!

Erregt stellte sie ihr Glas auf die Theke zurück.

Die heftige Bewegung ließ den Barmann beim rhythmischen Schütteln eines exotischen Cocktails kurz innehalten und einen verwunderten Blick auf ihr zuckendes Gesicht werfen.

Was war mit ihr los? Sie atmete heftig, zitterte am ganzen Körper und hatte Tränen in den Augen. Waren vielleicht Drogen im Spiel? Wurde ihr schlecht? Genug getrunken hätte sie.

Ihm war aufgefallen, dass sie schon den ganzen Abend ein

verliebtes Paar beobachtete, das sich bei seiner intensiven Unterhaltung tief in die Augen sah, Zärtlichkeiten austauschte und ab und zu eng umschlungen zu den langsamen Balladen tanzte.

Sie waren die Einzigen auf der runden Tanzfläche, die im Glanz der Halogensterne wie polierter Granit schimmerte. Es war Donnerstag, und der Laden war nicht annähernd so voll wie freitagabends und am Wochenende, und die beiden drehten sich langsam zur Musik wie ein zu ewigem Tanz und ewiger Anmut verdammten Paar auf einer alten Porzellanspieldose.

I see you through the smoky air
Can't you feel the weight of my stare
You're so close but still a world away
What I'm dying to say, is that
I'm crazy for you ...

Crazy for you ... Da war sie wieder, diese Zeile – und der Knacks in ihrem Kopf.

Mit einer schützenden Geste legte sie beide Handflächen über ihre Schläfen und Wangen und presste sie zusammen, damit die beiden Hälften ihres Schädels nicht auseinanderflogen. Etwas in ihrem Kopf war explodiert. Abrupt glitt sie vom Barhocker in einen etwas unsicheren Stand, griff mechanisch in ihre Jackentasche, zog einen Zwanzigeuroschein heraus, klemmte ihn unter ihr Glas und entfernte sich eilig in Richtung Ausgang.

Der Barmann sah ihr nachdenklich hinterher, nahm den Deckel vom Mixer, schüttete den Cocktail in ein Glas mit zerstoßenem Eis, steckte ein Limonenrad auf den Rand, hängte einen Zweig Minze dazu und stellte ihn auf ein Tablett, dann schnappte er sich ihren Schein und legte ihn in die Kasse.

Er hatte richtig vermutet. Anscheinend ging es ihr wirklich nicht gut. So plötzlich wie sie aufgebrochen war, würde er für nichts garantieren. Ob sie Liebeskummer hatte oder ihren Job verloren?

Er hatte sie vorher noch nie an seiner Theke gesehen, und er konnte sich Gesichter merken. Das gehörte zu seinem Job wie der exakt bemessene Schuss vom Hochprozentigen aus dem Handgelenk für ein Mixgetränk – Grundvoraussetzungen für den Barmann eines Clubs auf der Theodor-Heuss-Straße, der angesagtesten Partymeile in der Stadt. Sie hatte sich auch nicht mit ihm unterhalten. Dabei war er ein guter und geduldiger Zuhörer und hatte nur selten den heimlichen Wunsch, einen Gast an einen tüchtigen Psychologen weiterzuempfehlen.

2

„Du glaubst mir doch, dass ich es nicht getan habe? Du kennst mich doch."

Seine Stimme am Telefon hatte beschwörend geklungen und Rita hatte ja gesagt. Natürlich. Aber wie gut kannte man jemanden, selbst wenn man meinte, ihn gut zu kennen und schon lange vertrauensvoll zusammenarbeitete? Wie gut kannte sie Phil wirklich?

Sie überlegte, schaltete zurück in den ersten Gang und passte sich dem Tempo der Autokolonne an, die dicht an dicht im Schneckentempo die Neue Weinsteige hinauf kroch. Ausgerechnet jetzt, wo sie es so eilig hatte.

Die Sonne schien schon wieder, aber die Straße war immer noch nass und dampfte vom sintflutartigen Regen, dem ein gewaltiges Gewitter in den frühen Morgenstunden, ein glühend heißer Tag und eine schwüle Nacht vorausgegangen waren.

Der ganze bisherige Sommer war von derart subtropischen Anwandlungen durchzogen gewesen, und solches Wetter in hiesigen Breitengraden verwandelte selbst ansonsten friedliche Artgenossen in reizbare Gesellen. Und der eine oder andere drehte kurzweilig auch schon mal komplett durch.

Was war geschehen?

Sie hatte Phil vor acht Jahren für einen Auftrag engagiert, der eigentlich zu groß für ihre Detektei war, aber auch zu lukrativ, um ihn einfach abzulehnen. Danach hatte ihm die Detektiverei, wie er ihre Arbeit flapsig nannte, so viel Spaß gemacht, dass er, so oft es sein eigentlicher Job zuließ und sie Bedarf hatte, immer gern einsprang. Und ihre Zusammenarbeit klappte wahrscheinlich deshalb so reibungslos, weil sie sich auf menschlicher Ebene schnell nähergekommen waren. Schon nach kurzer

Zeit hatte sich eine Freundschaft zwischen ihnen entwickelt, wie sie sonst nur zwischen Menschen vorkommt, die sich von Kindesbeinen an kennen.

Der Fahrer vor ihr stieg plötzlich auf die Bremse und riss sie unsanft aus ihren Gedanken. Fast hätte sie das Heck seines nagelneuen Mercedes Coupés touchiert.

Es war kurz vor zwölf Uhr mittags, und entweder war ein Unfall passiert oder eine Baustelle befand sich weiter vorn auf ihrer Seite der Straße. Jedenfalls wurden alle Verkehrsteilnehmer auf Höhe des Weißenburgparks auf eine schmale Spur umgeleitet, die haarscharf am Gegenverkehr vorbeiführte. Konzentration war angesagt. Trotzdem schweiften ihre Gedanken immer wieder zu dem Telefonat mit Phil zurück, das sie veranlasst hatte, alles stehen und liegen zu lassen, sich ins Auto zu setzen und zu ihm zu fahren.

Der Grund seines Anrufes hatte mit einem Schlag alles in Frage gestellt, wovon sie bisher in Bezug auf seine Person überzeugt gewesen war. Felsenfest überzeugt gewesen war. Vielleicht war in Frage gestellt zu hart ausgedrückt, aber ins Wanken geraten war sie. Ganz unerwartet. Und das war es, was sie eigentlich erschreckt hatte.

Was für ein Mensch war Phil wirklich?

Zunächst einmal war er Papua. Ein Findelkind. Angenommen wie ein Geschenk und später adoptiert von einem Berliner Ehepaar. Man hatte ihnen den greinenden Winzling in ein Palmblatt gewickelt einfach vor die Haustür gelegt.

Sein Adoptivvater, Bauingenieur von Beruf, arbeitete zu diesem Zeitpunkt an einem geplanten Straßenbauprojekt in Neuguinea. Und seine Adoptivmutter, eine unkomplizierte und großzügige Frau, die gerade einem Knaben das Leben geschenkt hatte, legte ihn ohne viel Federlesen an die andere Brust. Sein

Halbbruder Eric, den er wie einen Zwilling liebte, war vor drei Jahren bei einem Verkehrsunfall ums Leben gekommen, und er hatte seinen Tod immer noch nicht verwunden.

Er hatte gute Schulen besucht, sein Ingenieurstudium in Berlin im zweiten Semester abgebrochen, ein Architekturstudium in Stuttgart aufgenommen und in London fortgeführt. Kurz danach wurde er in einem Londoner Straßencafé von einem Mode-Fotografen entdeckt, was den Abbruch des Architekturstudiums zur Folge hatte. Seitdem war er hauptberuflich ein begehrtes Model und sein Waschbrettbauch legendär. Agenturen für Bademoden- und exquisite Wäschekataloge rissen sich geradezu um ihn, und er tänzelte über die wichtigen Laufstege in Mailand, Paris, New York … Und natürlich war er ein Filou und Weiberheld. Keine Frage.

Nicht, dass er je über seine ständig wechselnden Freundinnen gesprochen hätte. Er gehörte zu den stillen Genießern. Ihr war nur im Laufe der Zeit aufgefallen, dass sie, wenn er mit ihnen telefonierte, ständig anders hießen. Und es waren keine Kosenamen, wie man auch vermuten könnte, sondern ganz andere Vornamen. Es war auch nicht etwa so, dass er ihnen den Hof gemacht hätte. Dazu hatte er gar keine Gelegenheit. Die Frauen waren verrückt nach ihm, liefen ihm scharenweise hinterher, und wenn er einer überdrüssig war, streckte die Nächste schon sehnsüchtig die Arme nach ihm aus, um die entstandene Lücke zu füllen. Er wäre ein Narr gewesen, nicht zuzugreifen.

Und sie konnte die Frauen verstehen. Er sah gut aus, hatte einen tollen Beruf, einen Haufen Geld, schicke Autos, immer gute Laune. Er kannte sämtliche Megacitys und die schönsten Strände der Welt. War charmant, unkompliziert und großzügig.

Heute allerdings fragte sie sich, ob derlei Vorzüge immer nur ein Segen waren und wie das passieren konnte, weswegen er sich jetzt so in der Bredouille befand.

Am Albplatz in Degerloch löste sich der Stau plötzlich auf. Sie reihte sich in die Spur für Linksabbieger ein. Die meisten der anderen Verkehrsteilnehmer fuhren geradeaus auf dem Autobahnzubringer weiter. Die restliche Strecke bis zum Asemwald konnte sie ohne nennenswerte Behinderungen hinter sich bringen. Und als sie auf der Landstraße links in den Wald abbog, vergaß sie für einen Moment, weshalb sie zu Phil unterwegs war und genoss die Fahrt durch das dichte Grün – mit Abstand der schönste Abschnitt auf der Strecke zu seiner neuen Wohnung.

Heute besuchte sie ihn zum zweiten Mal. Ihr letzter Besuch lag bereits ein paar Monate zurück und hatte anlässlich seiner turbulenten Einweihungsfete stattgefunden. Eigentlich hätte es Umzugsfest heißen müssen, denn um- und eingezogen war er zwar, aber eingerichtet nicht. Und zwischen den wild in der Wohnung platzierten, unausgepackten Umzugskartons wurde der Champagner in Plastikbechern serviert und die leckeren Häppchen von Feinkost-Böhm auf Papptellern.

Ein munteres Völkchen aus der bunten Welt der Mode hatte sich in seinen Räumen getummelt. Exotisch bis schrill. Menschen, denen man nicht jeden Tag live begegnet, und unter denen sie sich wie eine Landpomeranze vorgekommen war. Und das, obwohl sie sich für ihre Verhältnisse für den Anlass aufgebrezelt hatte wie selten.

Auch Phils Nachbarin war, als der Aufzug wieder eine Gruppe fröhlicher, superschlanker und superschöner Models ausspuckte, die laut und vielsprachig durcheinanderschnatternd Einlass bei ihm begehrte, einen Moment verblüfft mit dem Schlüssel im Anschlag vor ihrer Wohnungstür stehen geblieben.

Phil war von der Stadtmitte in den Asemwald gezogen, weil der Hochhauskomplex in Flughafennähe gelegen war und er als Vielflieger die elende Fahrerei durch die City oder besser das elende im Stau stehen gründlich satt hatte.

3

Er sah Mitleid erregend aus, als er die Tür aufmachte und sie wortlos in die Wohnung zog. Der Schock hatte einen Grauschleier über sein Gesicht gezogen, und er schien mächtig verkatert zu sein.

Herbert Horlacher, Chef der Mordkommission, hatte ihm vermutlich ordentlich zugesetzt, obwohl er wusste, dass Phil zeitweilig für sie arbeitete und obwohl er ihn kannte. Zugegebenermaßen nicht besonders gut, aber dafür kannte ihr Ex-Boss sie – lange und ziemlich gut. Aber jemanden zu kennen, ja selbst zu mögen, würde bei seinen Befragungen niemals eine Rolle spielen. Das zeugte zwar von einer geradezu vorbildlichen Berufsauffassung, ärgerte sie aber trotzdem oder gerade deswegen.

„Gott sei Dank, dass du da bist!“, stieß er hervor, nachdem er die Tür hinter ihr zugemacht hatte.

In seinem Wohnzimmer standen immer noch die unausgepackten Umzugskartons herum, und es sah aus wie in einer Rumpelkammer.

Sie legte eine Hand auf seinen Arm.

„Nur die Ruhe.“

„Du bist gut! Ich bin der Hauptverdächtige.“

„Das ist normal. Sie war deine Freundin. Wie war doch gleich ihr Name?“

„Nicole.“

„Am Telefon hast du gesagt, dass ihr Auto auf deinem Parkplatz stand, und dass sie ermordet neben ihrem Auto liegend gefunden wurde. Aber erzähl der Reihe nach.“

Er ging zum Fenster und füllte das Glas, das neben einer halbleeren Flasche Whisky auf der marmorierten Abdeckung über dem Heizkörper stand, mit einem ordentlichen Schuss auf.

„Und trink nicht so viel.“

Er sah sie mit hochgezogenen Augenbrauen an und nahm einen kräftigen Schluck.

„Nicole hat mich abgeholt. Wie du weißt, habe ich zurzeit kein Auto. Wir sind essen gegangen und waren anschließend noch ein bisschen tanzen. Sie hat mich nach Hause gefahren und wollte eigentlich über Nacht bleiben. Wir haben noch eine Weile auf dem Balkon gesessen, ein bisschen geredet und weitergetrunken. Ich glaube, wir waren beide ganz schön breit. Plötzlich hat sie sich über irgendetwas, das ich gesagt habe, furchtbar aufgeregt und …“

„Was hast du gesagt?“

Sie setzte sich auf einen der Umzugskartons.

„Das hat Horlacher mich auch schon gefragt. Ich habe mir inzwischen die ganze Zeit den Kopf darüber zerbrochen, was es gewesen sein könnte, komme aber nicht drauf. Es tut mir leid, aber ich kann mich beim besten Willen nicht daran erinnern.“

Er setzte sich auf einen Umzugskarton ihr gegenüber.

„Solltest du aber.“

Ihr Vorwurf machte ihn sofort wieder mobil. Er stand auf und begann nervös zwischen den Umzugskartons hin und her zu laufen.

„Filmriss. Ich weiß nur noch, dass sie plötzlich aufgesprungen ist, ihre Handtasche geschnappt hat und Türen knallend die Wohnung verlassen hat. Drama pur. Ich bin ihr noch zum Aufzug gefolgt und habe ihr angeboten, sie in die Tiefgarage zu begleiten. Ohne Schlüssel kommt sie da nämlich gar nicht rein. Aber sie hat wütend abgelehnt. Ich solle mich zum Teufel scheren und Ähnliches hat sie geschrien. Ich konnte sie nicht beruhigen und habe schon befürchtet, meine Nachbarn würden womöglich wegen der nächtlichen Ruhestörung die Polizei alarmieren. Damit sie endlich aufhört, habe ich mich schließlich zurückgezogen und sie ziehen lassen."

„Wie spät war es da? Und hör endlich auf, hin und her zu laufen. Da wird einem ja schwindelig."

„Halb drei, drei. Ich habe nicht auf die Uhr gesehen."

„Und dann?"

„Ich habe noch eine Weile darauf gewartet, dass sie mich rausklingelt, weil sie nicht in die Tiefgarage reinkommt. Sie hat aber nicht geklingelt, und da habe ich angenommen, dass die Ein- oder Ausfahrt mal wieder offen stand. Oder sie hat sich ein Taxi gerufen und hatte vor, ihr Auto irgendwann später abzuholen."

„Und dann?"

„Dann bin ich ins Bett gegangen."

„Typisch Mann!", konnte sie sich nicht verkneifen zu bemerken.

„Quatsch!"

Sie sah ihn einen Moment prüfend an.

„Sonderlich ergriffen vom Tod deiner Freundin scheinst du nicht zu sein."

„Was soll das denn heißen?", empörte er sich und begann erneut hin und her zu laufen.

„Natürlich tut es mir schrecklich leid um sie. Für wen hältst du mich? Ich bin entsetzt und finde die ganze Angelegenheit total abnorm ... makaber ...", er suchte nach passenden Worten, „... einfach grauenvoll!"

Er blieb vor ihr stehen und sah sie einen Moment bekümmert an.

„Aber ich kannte Nicole noch nicht sehr lange. Wir haben uns erst vor drei Monaten bei einem Fotoshooting auf Mauritius kennen gelernt. Kurz danach hatten wir noch einen gemeinsamen Auftritt am Strand von Costa Rica. Und weil wir bei dem gemeinsamen Rückflug festgestellt haben, dass wir zuhause fast Nachbarn sind, haben wir uns ein paar Mal verabredet."

Er machte eine Pause und ein Hauch von Schuldbewusstsein breitete sich auf seinem Gesicht aus.

„Ich fand sie wirklich sehr nett, aber ich habe das Ganze nicht so ernst genommen wie sie."

Der zarte Anflug von Reue zerstob, als er zum Ende kam.

„Vielleicht hat auch der Alkohol eine Rolle gespielt. Jedenfalls kann ich mir bei bestem Willen nicht vorstellen, was sie dermaßen wütend gemacht haben könnte."

Rita hatte diesbezüglich keine Probleme. In ihren Augen waren schwer verliebte Frauen, alkoholisiert oder nüchtern, ein Kapitel für sich.

„Ist dir denn gar nichts aufgefallen, als ihr nach Hause gekommen seid und sie ihr Auto auf deinem Parkplatz abgestellt hat? Eine verdächtige Person? Ein merkwürdiges Geräusch? Irgendetwas, was man im Nachhinein mit diesem brutalen Überfall in Verbindung bringen könnte?"

Er machte ein betrübtes Gesicht und schüttelte den Kopf.

„Du wirst das nicht gern hören. Aber ich kann mich wirklich an nichts Außergewöhnliches erinnern. Niemand ist uns in der Tiefgarage begegnet. Auch später nicht auf dem Weg zum Haus oder im Aufzug. Vergiss' nicht, es war schon nach Mitternacht."

„Damit lässt sich wirklich nicht viel anfangen. Bist du absolut sicher, dass …"

„Jetzt fällt mir doch noch etwas ein", unterbrach er sie. „Zur gleichen Zeit muss auch ein Autoknacker in der Tiefgarage unterwegs gewesen sein."

Rita stöhnte auf.

„Woher weißt du das. Eben hast du noch gesagt, du hättest nichts Ungewöhnliches bemerkt."

„Habe ich ja auch nicht. Die Polizisten haben sich darüber unterhalten, als sie bei mir oben waren."

Sie sprang von ihrem Umzugskarton und sah ihn kopfschüttelnd an.

„Ja so was musst du mir doch gleich sagen!"

„Sorry." Er machte ein zerknirschtes Gesicht.

„Dann lass uns jetzt mal in die Tiefgarage gehen. Ich würde mir den Tatort nämlich gerne ansehen, bevor die Meute der Schaulustigen den letzten Rest von möglichen Spuren verwischt hat."

Er nickte und ging vor. Auf halbem Weg zur Tür blieb er stehen und drehte sich zu ihr um.

„Ich habe ihr wirklich nichts getan. Das musst du mir einfach glauben."

Sie sah ihm prüfend in die Augen.

„Natürlich glaube ich dir."

Es waren dieselben Worte wie kurz zuvor am Telefon. Nur jetzt hegte sie keinen Zweifel mehr an seiner Glaubwürdigkeit.

4

Der Einstieg zur Tiefgarage von Block B erfolgte durch eine feuerfeste Stahltür, die sich in einem kleinen zweckmäßigen Bauwerk befand, dem überirdischen Teil des Treppenhauses, dessen üppige Efeuumrankung der einzige Hingucker war.

Der Abstieg begann im Halbdunkel und führte über eine steile Betontreppe, die in einen schmalen Gang mündete, der mit einer weiteren feuerfesten Tür abschloss. Auf der anderen Seite der schweren Tür empfing sie der typische Charme einer Tiefgarage.

Sparsam angebrachte Neonröhren verbreiteten ein kaltes, fahles Licht. Von der niedrigen Decke hingen ein paar verklumpte, schwarze Spinnweben, und es roch intensiv nach abgestandener Luft und frischen Abgasen. Von irgendwoher dröhnte eine antiquierte Entlüftungsanlage, die einen ohrenbetäubenden Lärm verbreitete, jedoch an dem charakteristischen Duftgemisch nichts zu ändern vermochte.

Die wenigen tagsüber geparkten Fahrzeuge standen offen zwischen schlanken, säulenartigen Deckenstützen, hinter durchsichtigen Gitterkäfigen oder verbargen sich in boxenartigen Alu-Fertiggaragen, die besonders vorsichtige Besitzer nachträglich zwischen den Deckenstützen hatten einbauen lassen.

Nicht ohne Grund.

Nach einer spektakulären Einbruchsserie mit einem beachtlichen Gesamtversicherungsschaden hatte die lokale Presse die Tiefgaragen im Asemwald auf einer halben Seite zum *Eldorado für Autoknacker* gekürt. Das war jetzt bereits schon ein paar Jahre her. Danach war, bis zum heutigen Tag, wieder Ruhe in den Tiefgaragen eingekehrt.

Phil hatte einen offenen Stellplatz in einer ganzen Reihe überschaubarer offener Stellplätze.

Was Rita im Näherkommen auffiel, war, dass Nicoles Auto verhältnismäßig niedrig dastand. Es war aber nicht, wie Phil das mit jeder seiner spleenigen Karossen machte, sportlich tiefergelegt worden, sondern stand auf vier platten Reifen, die bei genauerer Betrachtung kraftvoll und tief durchstochen waren.

Da hatte jemand ganze Arbeit geleistet.

Die Polizeiabsperrung war schon wieder weg, nur den Kreideumriss der Leiche sah man noch und den dunklen Fleck der Blutlache. Nicole war brutal erstochen worden. Mehrfach. So viel war, laut Dr. Pale, gleich vor Ort zu erkennen gewesen.

Phils Nachbar Gregor Wolf hatte sie auf dem Weg zur Arbeit um halb sieben blutüberströmt zwischen ihrem und seinem Auto liegend gefunden und sofort die Polizei benachrichtigt. Da er wusste, wem der Stellplatz rechts neben ihm gehörte, und Nicole zum Zeitpunkt des Auffindens auf ihrer Handtasche lag, in der man ihr Adressbuch fand, in dem Phils Telefonnummer und komplette Adresse standen, war der Rest Routine für die Kripo gewesen.

Knapp eine Stunde nach dem grausigen Fund hatte Horlacher ihn aus dem Bett geklingelt und gehörig in die Mangel genommen. Mit dem Resultat, dass er kein Alibi hatte.

Phil starrte wie hypnotisiert auf den Blutfleck und Rita wollte gerade vorschlagen, sich weiter in der Tiefgarage umzusehen, als ihr jemand von hinten auf die Schulter tippte.

„Dir entgeht aber auch gar nichts."

Sie drehte sich überrascht um.

„Sagt einer, der das Gras wachsen hört. Seit wann treibst du dich denn schon hier unten herum?"

„Ich bin bereits auf halbem Weg in die Redaktion. Aber das Gleiche könnte ich dich fragen."

„Könntest du."

Es war Fritz Kühn, der Polizeireporter. Die drei begrüßten sich.

„Nach allem, was ich gehört habe, war heute Nacht hier offenbar der Teufel los", sagte Rita und sah sich um.

Kühn nickte und verstaute die Kamera in seinem Rucksack.

„Das kann man wohl sagen."

„Was weißt du über den Mord?"

„Nur so viel, wie sich von der Kripo nicht verheimlichen ließ und du vermutlich inzwischen auch weißt."

„Kannst du mir dann wenigstens etwas zu dem Autoknacker sagen?"

„Das kannst du morgen in der Zeitung lesen. Ist alles schon druckreif hier oben drin."

Er tippte sich an die Stirn und lachte gemein.

„Ich muss dich hoffentlich nicht daran erinnern, dass du mir noch einen Gefallen schuldest. Die Initialen H.G.P. sagen dir doch bestimmt noch etwas ..."

Sie sah ihn herausfordernd an, Phil lachte und Kühn gab sich geschlagen. Druckreif sprudelte er los.

„Beim routinemäßigen Rundgang durch die Tiefgarage ist einer der Männer von der Spurensicherung auf einen fassungslosen Autobesitzer gestoßen, dessen Fahrzeug in der gleichen Nacht aufgebrochen und ausgeräumt wurde. Und, wie sich nach und nach herausstellte, war er nicht der einzige Pechvogel.

Drei Nobelkarossen wurden aufgebrochen und fachkundig ausgeschlachtet. Nach einem ersten groben Überblick hatten es der oder die Autoknacker hauptsächlich auf Navigationsgeräte abgesehen, verschmähten aber auch Autoradios, CD- und MP3-Player nicht.

Bei der polizeilichen Aufnahme des Einbruch-Diebstahls gab einer der Betroffenen außerdem noch den Verlust einer Digitalkamera samt teurer Fotoausrüstung sowie eines hochwertigen Handys an."

Kühn machte eine Pause.

„Die übliche Ausbeute", fasste Rita zusammen.

„Und der übliche Erfindungsreichtum des kleinen Versicherungsbetrügers", bemerkte Phil grinsend.

„Ist das alles?", fragte Rita.

Kühn überlegte kurz, ob sie nun quitt waren und legte noch was drauf.

„Beim vierten Fahrzeug, einem Mercedes 600, ist der Autoknacker dann offenbar beim Ausbau des Navigationsgerätes gestört worden, denn er hat sein Vorhaben vorzeitig abgebrochen. Dieser Mercedes stand schräg gegenüber dem Fahrzeug der Ermordeten ..."

Hier endete er abrupt, als sei ihm plötzlich etwas Dringendes eingefallen, und sah sich hektisch nach seinem Auto um.

„Mehr morgen im lokalen Teil. Ich muss jetzt wirklich los. Eigentlich wollte ich nur kurz Hallo sagen."

Sie verabschiedeten sich. Kühn sprang in sein Auto und düste davon.

Rita und Phil setzten ihre Exkursion durch die Tiefgarage fort und entdeckten noch einen der Geschädigten, der geschniegelt wie ein Firmen- oder Bankmanager vor seinem ausgeräumten BMW stand, umringt von einer kleinen Gruppe Neugieriger, und gerade berichtete, dass weder bei seinem noch bei einem der anderen Fahrzeuge die Reifen zerstochen oder Sitzpolster aufgeschlitzt worden seien.

„Bei keinem der aufgebrochenen Fahrzeuge hat man irgendwelche Zeichen von Zerstörungswut registriert. Nicht eine einzige Scheibe ist zu Bruch gegangen."

Die Umstehenden hörten gebannt zu, und der Mann wusste noch mehr zu berichten.

„Der Chef des Einbruchsdezernats, der kurze Zeit später die für ihn relevanten Tatorte in Augenschein nahm, sagte zu dem Zeitungsmann, er könne davon ausgehen, dass hier ein zielorientierter Profi am Werk gewesen sei. Er habe auch schon einen Verdacht. Die Handschrift des Autoknackers sei ihm nämlich bestens bekannt. Mit den zerstochenen Reifen an dem Auto des Mordopfers habe dieser Mann garantiert nichts zu tun. An der Stelle ist ihm der Kommissar von der Mordkommission, offenbar weder ein Freund von Zeitungsleuten noch ein Freund von vorschnellen Behauptungen, ziemlich grob in die Parade gefahren. Er solle nur keine voreiligen Schlüsse ziehen. In diesem frühen Stadium der Ermittlungen müsse man noch von allem Möglichen ausgehen. Auch davon, dass der Autoknacker von der Ermordeten überrascht worden sei, die Nerven verloren habe, und …"

Was Phil für sich persönlich kurz danach auf dem Weg zurück in seine Wohnung so interpretierte, dass er jetzt außerhalb der direkten Schusslinie des Chefs der Mordkommission stand.

Was Letzteres anbetraf, war Rita nicht ganz so optimistisch, widersprach ihm aber nicht, sondern wunderte sich nur über die ungewohnte Schwatzhaftigkeit ihres Ex-Chefs.

5

„Du kannst nicht mitkommen und schon gar nicht mit ermitteln, du bist im Moment der Hauptverdächtige. Das ist Vorschrift“, sagte Rita und schob Phil an der Schulter zurück in seine Wohnung.

„Sonst nimmst du es mit den Vorschriften auch nicht so genau“, maulte Phil und stemmte sich dagegen.

„Ich sage dir nachher, was war“, versprach Rita, schob ihn wieder in die Wohnung zurück und machte die Eingangstür von außen zu. Dann ging sie die paar Schritte über den gemeinsamen Flur zum Nachbar-Apartment links von ihm und klingelte.

Drinnen ging eine Tür, dann verdunkelte sich das kleine runde Glas im Türspion und eine Pupille betrachtete sie neugierig. Rita lächelte der Pupille freundlich zu, worauf diese sich ertappt entfernte. Kurz danach machte eine Frau die Tür auf.

„Spreche ich mit Dorit Gessler?“, fragte Rita. Das war der Name, der auf dem Klingelschildchen stand.

Die Frau nickte desinteressiert.

„Schön, dass ich Sie zu Hause antreffe“, sagte Rita forsch. Es war einer ihrer Standardsätze und sollte bei ihrem Gegenüber ein möglichst positives Gefühl für ihr ungebetenes Erscheinen auslösen.

Die Frau, die da im bauchfreien rosa Top im Türspalt stand und deren blasse Haut merkwürdig kalt und tot wirkte, schien Überraschungsbesuche nicht besonders zu schätzen. Sie antwortete auch nicht gleich, sondern ließ ihre Augen erst einmal blitzschnell und abschätzend über Rita gleiten.

Es war dieselbe Frau, die sie schon kurz bei Phils Einweihungsparty auf dem Flur gesehen hatte, und sie gehörte offenbar der Kategorie Frauen an, die grundsätzlich alle anderen Frauen als Konkurrenz betrachteten, ob berechtigt oder nicht.

Sie trug enge, dreiviertellange Jeans und ihre nackten und bestimmt eiskalten Füße steckten in kuscheligen rosa Pantöffelchen aus Plüsch, die mit ein paar rosa Flaumfedern garniert waren.

Alles sehr weiblich und verspielt, obwohl sie eigentlich die Statur eines kleinen, knochigen Kerls hatte. Aber trotz dieses Handicaps war sie offenbar entschlossen, in der ersten Liga der sexy Girls mitzuspielen.

„Sie wünschen?“, fragte sie schmallippig und sah Rita abweisend an.

„Ich bin Privatdetektivin und ermittle im Auftrag Ihres Nachbarn Philipp Boormann im Fall Nicole Fischer, die heute früh ermordet in der Tiefgarage gefunden wurde.“

Rita fasste in die Innentasche ihres Jacketts und zeigte ihr ihre Lizenz.

„Sie haben sicher schon davon gehört.“

Dorit Gessler nickte und griff nach der Lizenz.

„Darf ich?“

Rita gab sie ihr.

„Vielleicht haben Sie vergangene Nacht etwas gehört oder gesehen, das eventuell zur Entlastung meines Klienten beitragen könnte.“

„Er wird verdächtigt?“, fragte sie gedehnt und sah Rita verunsichert an.

Die Vorstellung, vielleicht neben einem Mörder zu wohnen, war ihr wohl gerade eben erst so richtig bewusst geworden und schien sie zu beunruhigen.

„Die Polizei hält ihn für den Hauptverdächtigen.“

„Er hat bestimmt nichts mit dem Mord zu tun“, antwortete

sie darauf erstaunlich ruhig und gefasst und gab Rita die Lizenz zurück.

„Was macht Sie so sicher?“, fragte Rita verblüfft.

Sie sah an Rita vorbei, suchte sich einen Fixpunkt irgendwo an der Wand hinter ihr, wie eine Ballerina vor der Pirouette, und ließ sich mit der Antwort Zeit.

„Ich kenne ihn zwar nicht, aber er ist ein so ... freundlicher und ... zuvorkommender Mann.“

Rita hatte das Gefühl, als würde Dorit Gessler bei den beiden unverfänglichen Adjektiven das Wasser im Mund zusammenlaufen, das zwei viel schwärmerischere aber beschämt verschluckte hervorgerufen hatten, und staunte nicht schlecht. Es war unglaublich, aber offenbar hatte Phil bei einer flüchtigen Begegnung auf dem Flur oder sonst wo auch bereits ihr Herz erobert.

Ihr Gegenüber schien bemerkt zu haben, dass sie durchschaut worden war, denn sofort umspannte ein feindseliger Zug ihre schmalen Lippen.

„Wie haben Sie übrigens von dem Mord erfahren?“

„Die Polizei hat mich rausgeklingelt. Und das an meinem freien Tag“, antwortete sie vorwurfsvoll. „Ich wollte mich an dem verlängerten Wochenende endlich einmal wieder richtig ausschlafen. Den Polizisten habe ich übrigens auch nichts anderes sagen können, als dass ich nichts gehört oder gesehen habe.“

„Schade“, sagte Rita, hinterließ ihr aber für alle Fälle ihre Visitenkarte.

Dorit Gessler nahm sie ein wenig widerwillig entgegen und zog sich in ihre Wohnung zurück. Rita wandte sich um und ging auf die gegenüberliegende Tür zu. Vielleicht hatte sie ja bei Gregor Wolf mehr Glück.

Auf ihr Klingeln öffnete jedoch niemand, und Sekunden später wurde ihr auch klar, warum. Wie dumm von ihr, dass sie nicht gleich daran gedacht hatte. Wolf war natürlich berufstätig. Er hatte Nicole ja auf dem Weg zur Arbeit gefunden und die Polizei benachrichtigt. Garantiert hatte Horlacher ihn nach seinem Anruf dazu verdonnert, an Ort und Stelle auf ihn zu warten, mit dem strikten Befehl, nichts anzufassen oder zu verändern und niemanden in die Nähe des Tatorts zu lassen. Und selbstverständlich hatte er ihn anschließend mit aufs Revier genommen. Wahrscheinlich saß der Ärmste jetzt noch dort und musste haarklein zu Protokoll geben, wie, wann und wo er was bemerkt hat.

Während ihr das durch den Kopf ging und sie auf Wolfs Türspion starrte, der unverändert hell blieb, war Rita sicher, dass der gegenüber sich schon längst wieder verdunkelt hatte und die Pupille dahinter neugierig jede ihrer Bewegungen registrierte. Sie wandte sich um, ging zur Mitte des Flurs, drückte den Aufzugsknopf, und gab, solange sie auf den Aufzug wartete, ihrer heimlichen Beobachterin die Gelegenheit, sie auch noch im Profil studieren zu können.

6

In den Geschossen unter ihr ächzten die beiden betagten Aufzüge aus den Siebzigern und rumpelten unentwegt auf und ab. Es hörte sich an, als hielten sie auf jedem Stockwerk. Der Mord hatte sich vermutlich wie ein Lauffeuer verbreitet und alle Bewohner von Block B waren gleichzeitig auf den Beinen.

Während sie auf ihre Chance wartete, mitgenommen zu werden, dachte sie an die vier zerstochenen Reifen an Nicoles Auto. Zeichen blanker Zerstörungswut.

Ihren ersten Gedanken, dass die Reifenattacke in Wahrheit Phil gegolten haben könnte, hatte sie schnell wieder verworfen. Der Reifenstecher hätte doch bestimmt gemerkt, dass es sich nicht um sein Auto handelte. Er hatte es definitiv auf Nicoles Auto abgesehen, was bei einer so schönen und begehrenswerten Frau förmlich nach dem klassischen Motiv Hass aus Eifersucht oder Hass wegen Zurückweisung schrie. Der Reifenstecher war auch der Mörder. Da war sie derselben Meinung wie der Chef des Einbruchdezernats, Ernst Wildermuth. Nicoles Mörder musste Kenntnis davon gehabt haben, dass sie ihr Auto in der Tiefgarage parkte und auf welchem Platz. Er hatte sie vermutlich schon tagelang beobachtet, war ihr gefolgt und hatte ihr zuletzt direkt am Parkplatz aufgelauert.

Ein Ex-Lover oder ein zurückgewiesener Bewunderer würden da perfekt ins Bild passen. Oder war der Autoknacker der Mörder von Nicole, wie Horlacher angeblich angedeutet hatte? Nein. Rita konnte sich nicht vorstellen, dass ein routinierter Serien-Autoknacker, als den ihn Wildermuth sofort wiedererkannt haben wollte, über dermaßen schlechte Nerven verfügte. Was hätte der Mann denn auch schon von ihr zu befürchten gehabt? Wäre es nicht eher umgekehrt gewesen?

Nicole war als Frau in den ganz frühen Morgenstunden an einem äußerst ungemütlichen Ort allein unterwegs gewesen. Und wenn sie Phil glauben durfte, war sie ziemlich betrunken gewesen und hatte sich zudem noch in einer Art Ausnahmezustand befunden. In einer derart brisanten Gemütsverfassung hätte sie sich wohl kaum dafür interessiert und weder bemerkt noch erkannt, dass sich da jemand an einem fremden Auto zu schaffen machte. Rita verfolgte eine ganz andere Theorie.

Sie war sich ziemlich sicher, dass zwei Personen in der Nacht in der Tiefgarage ihr Unwesen getrieben hatten, nämlich der Autoknacker und Nicoles Mörder. Und vermutlich hatte der Autoknacker den Mord an Nicole beobachtet und sein Vorhaben deshalb so plötzlich abgebrochen, um nicht in ein Kapitalverbrechen hineingezogen zu werden.

Mit einem altersschwachen Ruckeln kündigte sich der Aufzug endlich an. Doch statt der Aufzugtür öffnete sich die Tür zu Phils Apartment hinter ihrem Rücken, und er zog sie ziemlich unsanft in seine Wohnung hinein.

„Du wolltest doch jetzt nicht einfach abhauen, ohne mir zu sagen, was du erreicht hast!“, empörte er sich.

Rita schüttelte seinen Griff ab und blieb in der Nähe der Tür stehen.

„Es gibt nichts zu berichten. Vom Ergebnis her hätte ich auch die berühmten drei Affen befragen können. Nichts gehört, nichts gesehen nichts gesagt. Und Wolf war gar nicht da.“

Er machte ein enttäuschtes Gesicht.

„Tut mir leid. Aber was hast du erwartet? Ich stehe doch noch ganz am Anfang. Ich muss erst einmal überlegen, wen ich überhaupt unter die Lupe nehmen kann. Du weißt nicht zufällig, wo Nicoles Eltern wohnen?“

„Nein. Nicole hat nur mal kurz erwähnt, dass sie noch bei ihren Eltern wohnt."

„Hast du neben Nicoles Handynummer auch die Telefonnummer ihrer Eltern?"

„Ja."

„Kannst du mir die mal geben?"

„Wozu brauchst du die Telefonnummer von Nicoles Eltern?"

„Bei der Auskunft komme ich über ihre Telefonnummer ohne Schwierigkeiten auch an ihre Adresse."

Er holte seinen Terminplaner, und sie speicherte die Telefonnummer von Nicoles Eltern in ihrem Handy.

„So, und jetzt lass mich bitte gehen. Sobald ich irgendetwas habe, das dich entlastet, melde ich mich bei dir. Okay?", sagte sie und ging wieder auf den Flur hinaus.

„Okay."

Der Aufzug kam und eine alte Dame mit blasslila getöntem Haar blickte schon mit einem freundlichen Lächeln durch die aufgehende Tür, als Rita wieder Phils Hand auf ihrer Schulter spürte. Diesmal zog er sie aber nicht zurück in seine Wohnung, sondern nahm sie einfach in den Arm und drückte sie.

„Was ist denn jetzt los?"

Statt einer Antwort küsste er sie auf die Wange, ging zurück in seine Wohnung und ließ Rita mit einer Ahnung dessen auf dem Flur zurück, was die vielen Frauen so verrückt nach ihm machte.

7

Phils ungewohnter Gefühlsausbruch hatte zur Folge, dass der Aufzug ohne sie nach unten fuhr und auf ihren erneuten Knopfdruck wiederum lange auf sich warten ließ. Und kaum war sie glücklich an Bord, hielt er ein Stockwerk tiefer auch schon wieder an. Eine lebhafte, rundliche Frau jenseits der Sechzig stieg ein und kam sofort aufgeregt auf das grauenvolle Geschehen in der Tiefgarage zu sprechen.

„Haben Sie auch schon von dem Mord in der Tiefgarage gehört?"

Rita nickte.

„Gerade eben beim Bäcker habe ich erfahren, dass Herr Boormann vom 18. Stock angeblich verdächtigt wird, die Frau getötet zu haben. Das kann ich nicht glauben. Ich bin ihm nämlich schon einmal am Hauseingang begegnet. Er hat mir die Tür aufgehalten. Und anschließend bin ich mit ihm zusammen Aufzug gefahren. So ein höflicher und freundlicher junger Mann."

Sie sah Rita empört an.

„Dieser sympathische junge Mensch soll ein Mörder sein? Niemals! Glauben Sie denn, dass er es war?"

Rita schüttelte den Kopf.

„Hätte ich mir auch nicht vorstellen können."

Die Frau verteidigte Phil mit flammenden Wangen und ohne groß Luft zu holen bis hinunter ins Erdgeschoß. Und Rita staunte erneut, wie er es schaffte, auf Anhieb Frauen sämtlicher Altersklassen für sich einzunehmen.

„Ich bin jetzt mit einer Nachbarin unten im Foyer verabredet, die mehr darüber weiß. Sie glaubt übrigens auch nicht, dass er zu so etwas fähig wäre. Kommen Sie mit?"

Rita nickte.

Im Foyer, vor dem Hauseingang und auf der Straße standen Gruppen und Grüppchen eng beisammen und hechelten aufgeregt die inzwischen bekannt gewordenen Einzelheiten durch. Der brutale Mord an der schönen jungen Frau in der Tiefgarage von Block B hatte sämtliche Gemüter erhitzt und sich inzwischen auch schon in Block A und C herumgesprochen.

Ritas Fahrstuhlbekanntschaft gesellte sich, nachdem sie sich einen kurzem Überblick über die versammelte Menge im Foyer verschafft hatte, zu einer größeren Gruppe, in der man sich anlässlich der jüngsten Vorkommnisse bereits mit wollüstigem Grauen an sämtliche anderen schrecklichen Ereignisse erinnerte, die sich je im Asemwald zugetragen hatten. Rita schloss sich ihr an.

Im Moment wurde gerade der tragische Tod des schwulen Schotten Iain McLeod diskutiert, dessen Wohnung in den frühen Morgenstunden des sechsundzwanzigsten Juni neunzehnhundertzweiundsiebzig ohne Vorwarnung von der Polizei gestürmt wurde, weil man annahm, dass er ein Mitglied der gefürchteten RAF sei. Und ein mit der Situation total überforderter Polizist erschoss McLeod durch die von ihm hastig zugedrückte Schlafzimmertür.

„McLeod entstammte einer alten Adelsfamilie aus Edinburg und galt als völlig unpolitisch. Er wurde von seinen Freunden als begeisterter Hobbykoch beschrieben und soll ein Freund von John Cranko und ein glühender Fan des Stuttgarter Balletts gewesen sein. Und er war erst vierunddreißig Jahre alt, als er an jenem Morgen brutal aus dem Schlaf gerissen wurde und Sekunden später ahnungslos im Kugelhagel des jungen Polizisten starb. Erst kürzlich stand wieder etwas darüber in der Zeitung“, klärte ein gepflegter älterer Herr die Umstehenden über die wahre Person des Iain McLeod auf.

Die Menge nickte ergriffen.

„Und es war ein tragisches Missverständnis, wie sich kurze Zeit später herausstellte“, beendete er mit echtem Bedauern in der Stimme seinen Bericht über dieses verhängnisvolle Ereignis.

Die meisten der Umstehenden kannten das beklagenswerte Schicksal, das den jungen unschuldigen Schotten ereilt hatte und sahen sich mit ernsten Gesichtern an.

„Im Asemwald sprach man wochenlang von nichts anderem“, erinnerte sich jemand aus der zweiten Reihe.

„Was dazu beigetragen hat, dass sich lange kein neuer Mieter für die Unglückswohnung fand und sich die Leute bis heute an Iain McLeod erinnern“, konterte eine Frau, die neben Rita stand, mit leichtem Vorwurf in Stimme. Die Wohnungseigentümerin?

Frau Maurer (so war ihre Fahrstuhlbekanntschaft von der Gruppe im Foyer begrüßt worden) nickte der Frau zu und startete einen mutigen Versuch, das Gespräch auf den aktuellen Fall zu bringen.

„Der nette junge Mann über mir, von dem jetzt herumerzählt wird, dass er der Mörder sein soll, wohnt auch in einer Unglückswohnung.“

Die Umstehenden horchten interessiert auf.

„Sie erinnern sich doch bestimmt alle noch an Herrn Neundorf, seinen Vorgänger, der sich mit zwei Komma fünf Promille Alkohol im Blut und einer Überdosis Schmerztabletten von seinem Balkon in die Tiefe gestürzt hat. Seine Verlobte war dermaßen geschockt, dass sie ein paar Tage danach beim Frisör unter der Trockenhaube ohnmächtig geworden ist.“

Die Erwähnung von Neundorfs Sprung in den Tod wurde von den meisten Anwesenden mit Befremden aufgenommen. Ein Tabu war gebrochen worden.

Tatsächlich waren es hauptsächlich Fremde, denen es immer wieder gelang, sich Zugang zu den Dächern der drei Hochhäuser zu verschaffen, um von dort in den sicheren Tod zu springen. Und diese traurigen Ereignisse waren gar nicht so selten. Es herrschte aber das ungeschriebene Gesetz unter den Bewohnern des Hochhauskomplexes, in der Öffentlichkeit nicht darüber zu sprechen.

Ein athletischer, braungebrannter Senior in Tennisdress und Baseballkappe unterbrach die danach eingetretene Sprachlosigkeit schließlich mit der Bemerkung, dass er Neundorf als ziemlich reizbaren und übellaunigen Mitbewohner in Erinnerung habe, der mit geringstem Aufwand aus dem Gleichgewicht zu bringen gewesen sei und, seiner Meinung nach, an schweren Depressionen litt.

Sein Tennis-Partner, der ihm in Alter, Fitness und Bräune in nichts nachstand, nickte einvernehmlich dazu in die Runde.

Ein hagerer Mann in verbeulten Jeans und grauem T-Shirt, der wie ein IT-Spezialist der Garagengeneration daherkam, schüttelte vehement den Kopf.

„Neundorf war Alkoholiker, so wie der gesoffen hat. Und denen fehlt es bekanntlich häufig an der nötigen Balance. Ich habe im *Hannibal* einmal neben ihm an der Theke gesessen und beobachtet, wie er einen Cognac nach dem anderen runtergekippt hat. Ich wäre schon beim Konsum der halben Menge stockbesoffen vom Hocker gefallen.“

Die alte Dame mit dem blasslila getönten Haar hob mahnend ihren von der Gicht verkrümmten Zeigefinger und meinte, man solle sich über Leute, die man nicht genau kennt, nicht das Maul zerreißen und zog sich anschließend vornehm zurück.

Dieser leisen Ermahnung zum Trotz meldete sich nun eine

Frau zu Wort, die bislang nur aufmerksam zugehört hatte. Sie wandte sich direkt an Frau Maurer.

„Das mit der Verlobten von Herrn Neundorf ist vielleicht gar nicht wahr. Das weiß ich von der Freundin meiner Schwester, die mit dem Friedhofsgärtner vom Dornhalden Friedhof verheiratet ist, auf dem Herr Neundorf liegt. Ihr Mann ist nämlich einmal Zeuge einer lautstarken Auseinandersetzung am Grab von Herrn Neundorf geworden, als seine Eltern dieser angeblichen Verlobten verboten, sich weiterhin als solche auszugeben. Und ihr eindringlich nahelegten, sich ja nicht noch einmal an seinem Grab blicken zu lassen, geschweige denn sich am Grabschmuck zu schaffen zu machen, sonst würden sie die Polizei einschalten."

Bevor sich die interessierten Zuhörer mit dieser ungeheuerlichen Neuigkeit auseinandersetzen konnten, trat ein weiterer Hausbewohner vor, schob seine große Hornbrille, die ihn wie ein exotisches Insekt aussehen ließ, an die Nasenwurzel zurück und berichtete von einer ihm unvergesslich gebliebenen Begegnung mit Herrn Wolf, der ... er machte eine Pause und ließ seinen Blick mit bedeutungsvollem Nicken in die Runde schweifen ... der ja, wie sie inzwischen wohl alle wüssten, die Tote gefunden habe.

„Ich habe Wolf vor einiger Zeit im Müllraum dabei erwischt, wie er zwei Teddybären entsorgt hat, deren Glasaugen herausgerissen beziehungsweise zersplittert waren, deren Gliedmaßen verkohlt waren beziehungsweise fehlten und die insgesamt vollkommen zerfetzt aussahen."

Er machte eine Pause und sah die um ihn Versammelten düster an.

„Hätte es sich um echte Bärenkinder gehandelt, wäre ich versucht zu sagen, sie seien auf besonders bestialische Weise gequält und getötet worden."

Einen Moment lang wurde die gesamte Gruppe von einer erschrockenen Stille beherrscht.

„Ja, Kinder können manchmal unglaublich grausam sein“, sagte eine Frau schließlich leise zu einer anderen, und ein allgemeines zustimmendes Nicken gab ihr Recht.

Aber die schaurige Teddybären-Geschichte war noch gar nicht zu Ende. Der Mann mit der Hornbrille fixierte die Umstehenden noch einmal mit zugespitztem Mund und zusammengekniffenen Augen.

„Und dabei ist Herr Wolf, wie ich verbindlich weiß, Single und außerdem noch nie mit einem Kind gesehen worden, von dem man annehmen würde, dass es noch mit Teddybären spielt, wie ich nach eigener gründlicher Recherche in Erfahrung gebracht habe.“

Ein empörtes Raunen ging durch die Menge, und einige in der Gruppe sahen sich fragend an.

Rita hatte genug gehört und machte sich unauffällig davon.

Angesichts all dieser Gräueltaten hätte Phil vielleicht doch lieber in der Stadtmitte wohnen bleiben sollen, Verkehrsstaus hin oder her. Ganz abgesehen vom Sprung seines Vorgängers vom Balkon, den ihm sein Vermieter natürlich auch diskret verschwiegen hatte.

Sie hatte ihr Auto diesmal auf dem kleinen Parkplatz vor Block C geparkt, weil sie vor Block B keinen freien Platz gefunden hatte. Auf dem Weg dorthin ging sie unter dem Laubengang durch die gepflegten Außenanlagen und kam an dem großen, kühlen Becken der Springbrunnenanlage vorbei. Ein leichter Wind sorgte für einen hauchfeinen Sprühregen, was bei den hochsommerlichen Temperaturen, auch wenn man davon überrascht wurde, nicht unangenehm war.

Der Asemwald war ein ausgesprochen schön gelegener und ebenso gepflegter Hochhauskomplex. Selbst in dem unmittelbar angrenzenden schmalen Streifen Privatwald, der die drei Hochhäuser wie ein Hufeisen umspannte, konnten seine Bewohner auf gepflasterten und grob gefegten Wegen spazieren gehen.

Auf der Ladenstraße gab es einen Supermarkt, einen Bäcker, einen Blumenladen, einen Zeitungskiosk und einen Frisör, zu dem Ritas Mutter, die im benachbarten Schönberg wohnte, einmal im Monat ging und deshalb über alles, was im Asemwald passierte, stets bestens informiert war. Des Weiteren fand man dort ein Kosmetikstudio, ein Wäschegeschäft, eine Bank und, um die Ecke, ein kleines Café, das zu einem großen Fitness-Studio gehörte.

Es gab Rechtsanwälte, Ärzte, einen chinesischen Akupunkteur und einen deutschen Masseur.

Zweimal in der Woche baute ein Wochenmarkt mit frischem Gemüse auf und einmal pro Woche wurde frischer Fisch angeboten.

Für diejenigen, die nicht gerne selber kochten, hielt das Höhenrestaurant *Hannibal* neben einer spektakulären Aussicht im zweiundzwanzigsten Stock eine umfangreiche Speisekarte bereit. Für die Sportbegeisterten unter den Bewohnern lockten mehrere Tennisplätze und im Block A das Schwimmbad oder die Sauna. Und für das Gemeinwohl sorgte ein kleines ökumenisches Zentrum mit Kindergarten und Kapelle.

Wer wollte, konnte im Asemwald überleben ohne ihn zu verlassen.

Als sie in den Parkplatz vor Block C einbog und auf ihr Auto zuging, stieg gerade ein gepflegtes älteres Ehepaar aus seinem Wagen. Die Frau kannte sie nicht, aber der Mann kam ihr gleich irgendwie bekannt vor und dann doch wieder nicht. Erst als er sich noch einmal ins Auto hinein beugte, seinen Hut herausholte und ihn aufsetzte, fiel es ihr wie Schuppen von den Augen.

Jetzt war es unverkennbar der Stuttgarter Tatort-Kommissar Bienzle alias Dietz-Werner Steck, der beliebte Schauspieler, der schon seit vielen Jahren im Asemwald wohnte.

Sie fragte sich, ob er schon von dem Mord in der Tiefgarage gehört hatte, und ob wohl jetzt der eine oder andere Mitbewohner auf die Idee kam, seine Meinung als Kommissar dazu hören zu wollen, wie das von dem Schauspieler Klaus Jürgen Wussow in der Rolle des Chefarztes Professor Dr. Brinkmann aus der erfolgreichen Fernsehserie *Die Schwarzwaldklinik* kolportiert wurde.

8

Kleo drückte die Tür zu ihrer Wohnung mit der Schulter von innen zu, wobei ihre Umhängetasche von ihrer Schulter herab in die Armbeuge glitt und ihr fast die Post aus den Armen gerissen hätte.

Heute hatte ungewöhnlich viel in ihrem Briefkasten gesteckt. Vor allem wieder eine Unmenge Werbung, durch die sie sich jedes Mal kämpfen musste, wenn sie nach ihrer eigentlichen Post fischte. Dazu kam, dass sich ihr Briefkasten ziemlich hoch oben befand und sie, obwohl sie sich nicht als klein bezeichnet hätte, selbst auf den Zehenspitzen stehend nicht in ihn hineinsehen konnte und nur mit ausgestreckten Armen an ihn herankam.

Beim Ertasten der beiden dicken Umschläge, vor allem aber beim Anblick der Absender hatte ihr Herz dann einen Schlag lang ausgesetzt, und eine glühendheiße Röte war ihr ins Gesicht gestiegen. Sie hatte sich hastig umgedreht und erleichtert festgestellt, dass sie allein vor der Briefkastenanlage stand und auch sonst niemand im Foyer zu sehen war.

Anschließend hatte sie es kaum erwarten können, in ihre Wohnung zu gelangen. Das Warten auf den Aufzug und die ihr endlos erscheinende Fahrt waren Folter pur gewesen. Zu guter Letzt hatte sich ihr Schlüssel zur Wohnungstür, wie schon so oft zuvor, irgendwo in der Tiefe ihrer großen Tasche verloren. Diese modischen großen Taschen waren wirklich die Pest! Als sie ihn schließlich fand, zitterten ihre Hände so stark, dass sie beim Versuch, ihn ins Schloss zu stecken, ein paar Mal das Schlüsselloch verfehlte. Als die Tür dann endlich aufging und sie in ihre Wohnung schlüpfen konnte, war sie klatschnass gewesen wie bei einem Schwitzgang in der Sauna.

Im Flur ließ sie ihre Tasche und die Post auf die kleine Anrichte unter dem Garderobenspiegel fallen, lehnte sich mit dem Rücken gegen die Wand und schloss einen Moment die Augen. Als sie sie wieder öffnete, erblickte sie ihr Gesicht im Spiegel. Sie lächelte sich zu und ließ das Lächeln einfrieren. Es war ein Siegerlächeln.

Mit vorsichtigen Fingern, als handle es sich um etwas besonders Kostbares oder Zerbrechliches, sortierte sie die beiden großen Umschläge mit den exquisiten Bademoden- und Wäschekatalogen von der übrigen Post aus, strich glättend darüber, trug sie hinaus auf den Balkon und legte sie auf das kleine runde Tischchen.

Anschließend legte sie eine Hand auf ihr heftig klopfendes Herz und ermahnte sich zur Geduld, wie sie es immer tat, wenn sie etwas ganz besonders brennend interessierte und sie vor Ungeduld fast zersprang. Es galt, ihre Neugier zu zügeln und die köstliche Qual der Erwartung noch etwas zu verlängern, bevor sie sich vollkommen im Glück verlieren wollte. Erst noch eine Tasse Kaffee zubereiten, dann zelebrieren, hieß ihre Devise heute.

Der Gedanke an die beiden großen Umschläge ließ sie jetzt aber nicht mehr los. Und auf einmal wurde ihr ganz leicht und sonderbar zumute, zuerst im Kopf und dann in ihrem ganzen Körper. Auf dem Weg zur Küche schien sie über das Parkett zu schweben. Und als sie am Herd stand und darauf wartete, dass das Wasser kochte, musste sie sich am Geschirrschrank festhalten, um nicht abzuheben.

Verwirrt goss sie das kochende Wasser in den Becher mit dem Häufchen Kaffeepulver, wobei sie erneut gegen plötzlich aufkommende Gefühle ankämpfen musste, die sie umschmeichelten und elektrisierten und ihr weiche Knie bescherten. Mit zitternden Händen trug sie den Becher die wenigen Schritte zum Balkon und stellte ihn auf dem kleinen Tischchen ab, bevor ihr die Beine schließlich fast den Dienst versagten, und sie sich vollkommen überwältigt gerade noch in den nächststehenden Korbsessel fallen lassen konnte.

Jetzt hielt sie allerdings nichts mehr. Ungeduldig riss sie die Umschläge auf und legte beide Versandhaus-Kataloge nebeneinander vor sich auf das Tischchen.

Als sie die Titelseiten sah, warf sie den Kopf zurück und lachte auf. Er war bei beiden Katalogen auf dem Titelblatt. Er war ihr Starmodel.

Aber war das ein Wunder?

Sie bettete die Kataloge in ihren Schoß und blätterte sie langsam durch, strich ab und zu zärtlich über sein Abbild, genoss seinen Anblick Seite um Seite und konnte am Ende ihr Glück kaum fassen.

Bei jeder Pose, die er einnahm, egal welchen Artikel er vorführte, stets sah er sie an. Sein Blick galt ihr! Er dachte an sie, während er fotografiert wurde! Anders ließ sich das nicht erklären.

Sie lehnte sich einen Moment in ihrem Korbsessel zurück und schaute verzückt in den Himmel. Also hatte sie seinen Blick und sein Lächeln im Aufzug richtig gedeutet. Trotzdem blätterte sie noch ein paar Mal vor und zurück, sah noch einmal ganz genau hin, um wirklich sicher sein zu können, dass sie sich nicht irrte.

Kein Zweifel, er sah sie an.

Immer nur sie.

Auf jedem Foto.

Gab es ein deutlicheres Zeichen, dass er sich genauso unsterblich in sie verliebt hatte, wie sie in ihn? Sie zweifelte keine Sekunde länger daran und empfand seine ungeteilte Aufmerksamkeit wie eine innige Umarmung.

Dermaßen in ihrer Vermutung bestätigt klopfte sie sich das Kissen in ihrem Rücken zurecht, schmiegte sich wohlig in den Korbsessel hinein, flüsterte seinen Namen und nahm einen Schluck Kaffee zu sich. Er war inzwischen kalt geworden.

Mit der süßen Last der Hochglanz-Kataloge in ihrem Schoß und der wundervollen Gewissheit, geliebt zu werden, blieb sie noch so lange draußen sitzen, bis die Sonne blutrot in den Horizont eintauchte und vor ihren Augen versank.

Sie hatte schon viele phantastische Sonnenuntergänge vom Balkon ihres Wolkenkuckucksheims aus beobachtet. Die meisten waren von der Art, wie man sie sonst nur am Meer oder in der Wüste erlebt. Aber der von heute war absolut spektakulär, denn er tauchte den Balkon und ihre ganze Wohnung in ein magisches rosiggolden schimmerndes Licht und versetzte sie in eine unglaubliche Stimmung.

Als sie wenig später zu frösteln anfing und auch ein noch tiefer in den Sessel Hineinkuscheln nicht dagegen half, stand sie auf und ging mit ihren Schätzen in die Wohnung zurück und deponierte sie in ihrem Schlafzimmer.

Bevor sie an diesem ereignisreichen Tag schlafen ging, nahm sie ein in glattes rotes Leder gebundenes Buch zur Hand, das immer parat auf ihrem Nachttisch lag und in das sie die Highlights des Tages notierte.

Sie führte Tagebuch, seit sie schreiben konnte und wäre ohne es verloren gewesen. Alles, was sie niemandem anvertrauen konnte oder wollte, floss da hinein. Ihre geheimsten und köstlichsten Gedanken. Gedanken, die sie nicht einmal Dr. Hauser anvertraut hätte.

Dr. Hauser!

Sie hatte lange nicht mehr an ihn gedacht. Seit ... Aber das hatte sie ja bereits ad acta gelegt.

Seit jenem letzten unerfreulichen Besuch jedenfalls hatte sie Dr. Hauser nicht mehr konsultiert, und sie hatte auch nicht vor, ihn jemals wieder aufzusuchen. Schon gar nicht, um ihm zu erzählen, was in der Zwischenzeit in ihrem Leben alles passiert war. Er würde es ohnehin nicht verstehen. Und es ging ihr ja jetzt besser denn je, eben seit sie alle notwendigen Entscheidungen ohne seinen Segen traf, und sie hatte nicht die Absicht, daran wieder etwas zu ändern.

Sie hatte ihm den Laufpass gegeben, als sie längst aus dem Kindesalter heraus war und er anfing, ihr ständig dazwischenzureden, alles besser zu wissen und sich immer mehr in ihr Leben und, was viel schlimmer war, in ihr Liebesleben einzumischen. Sie hatte seine ständigen Vorschriften, die er Empfehlungen nannte, gründlich satt gehabt.

Was wusste er schon, was gut für sie war!

Hätte er sonst ihre Vergangenheit immer und immer wieder hochgekocht? Bei jeder sich bietenden Gelegenheit schlug er Bögen zwischen jetzt und damals, die sich ihr kaum noch erschlossen. Zuletzt hatte sie es nicht mehr hören und noch weniger ertragen können.

Irgendwann hatte sie aufgehört, sich mit irgendeinem Ereignis ihrer Vergangenheit, auch nicht der jüngeren, auseinanderzusetzen. Sie hatte nicht den Eindruck, dass es half. Sie wollte im Hier und Jetzt leben und vor allem nichts versäumen, das ihr wichtig und interessant erschien. Sie wollte nur noch in die Zukunft schauen, und zwar ohne fremde Hilfe. Es musste endlich Schluss sein, mit dem was einmal war.

Dieser hagere, ausgedörrte Zausel in seinen altmodischen Anzügen! Der ihr, während sie ihr Innerstes nach außen stülpen sollte, mit halbgeschlossenen Augen in diesem unmöglichen Sessel gegenübersaß und sich väterlich zufrieden zeigte, wenn etwas in seinem Sinne rüberkam. Der nie aufgehört hatte, sie wie ein unmündiges Kind zu behandeln. Und dem ganz offenbar entgangen war, dass sie vom Teenager zu einer erwachsenen Frau geworden war. Zu einer höchst begehrenswerten, wie sie inzwischen wusste. Sie war seiner lächerlichen väterlichen Tour schon lange entwachsen.

Was verstand so einer schon von der Liebe ... von einer Liebe wie der ihren?

Mit einer ungeduldigen Bewegung der Hand verscheuchte sie jeden weiteren Gedanken an Dr. Hauser, presste ihr Tagebuch fest an die Brust, schloss die Augen und ließ die Fotos aus den Katalogen noch einmal hinter ihren Lidern aufsteigen. Und das Glück und die ungeheuerliche Stimmung von vorhin kamen zurück und überspülten sie noch einmal in rosiggoldenen Wellen.

Verklärt lächelnd schlug sie ihr Tagebuch auf, nahm den goldenen Kugelschreiber zur Hand, drückte die Mine heraus und schrieb auf eine neue Seite:

13. Juli 2008 – 0:35 Uhr

Du siehst mich an
Immer nur mich
Du bist wundervoll
Einfach wundervoll
Ich liebe dich
Mehr kann ich heute nicht sagen
Ich bin vollkommen überwältigt

9

Wildermuth schien sich über Ritas unangemeldeten Besuch in seinem Dezernat richtig zu freuen. Er führte sie vor die Pinnwand und schickte seinen Assistenten los, Kaffee für sie zu besorgen. Bevor er sich ihr zuwandte, rief er ihm noch nach: „Und zwar nicht aus dem Automaten!“ Dann nannte er ihr, ohne große Umstände, den Namen des Mannes, wegen dessen frecher Einbruchsserie die Tiefgaragen im Asemwald zu ihrem zweifelhaften Ruhm gelangt waren, und dessen Vorgehensweise er bei den jetzt aufgebrochenen Autos in der Tiefgarage von Block B einwandfrei wiederzuerkennen glaubte.

Sie kannten sich seit ihrer gemeinsamen Zeit bei der Polizeihochschule, und er hatte sich kaum verändert. Energisch und aufgeschlossen, wie sie ihn in Erinnerung hatte, ging er die Probleme an, und zwar nicht nur die eigenen.

Nachdem sein Assistent mit einem Tablett, auf dem eine Kaffeekanne und Kaffeegeschirr standen, wieder erschienen war, ihnen eingeschenkt hatte und wieder gegangen war, tippte er auf die Schlagzeile eines bereits etwas vergilbten Zeitungsartikels, der neben dem neuen von Fritz Kühn, dessen genauen Wortlaut sie noch im Ohr hatte, an die Pinnwand geheftet war.

„*Eldorado für Autoknacker*. Tolle Schlagzeile für …“, er tippte auf das Polizeifoto darüber, „… Milan Dobraz.“

Rita trat näher an die Pinnwand heran und betrachtete den Mann auf dem Foto. Ein ganz passabel aussehender Bursche mit raspelkurzen weißblonden Haaren und hellen Augen, einer markanten Adlernase und einem, wie sie fand, der Situation völlig unangemessenen, verwegenen Lächeln.

„Der neue Einbruch geht ebenfalls auf sein Konto. Da verwette ich meinen Allerwertesten.“

„Was macht dich so sicher?“, fragte Rita.

„Der gleiche Modus operandi. Es sei denn, er hat einen Nachahmer gefunden oder jemand versucht, ihn mit derselben Masche reinzuhängen.“

Er ging zu seinem Schreibtisch und warf einen Blick in die Polizeiakte, die aufgeschlagen dort lag und überflog im Stehen ein paar Zeilen.

„Wie damals sind sämtliche betroffenen Fahrzeuge routiniert mit einem Fensterdraht geöffnet und sachgerecht ausgeschlachtet worden, nur dass er diesmal keine Fingerabdrücke hinterlassen hat.“

„Würdest du ihm auch mehr zutrauen, als Autos zu knacken?“

Wildermuth sah sie überrascht an, dann schüttelte er entschieden den Kopf und winkte sie in Richtung seines Schreibtisches.

„Komm, setzen wir uns zu unseren Kaffeetassen und trinken wir einen Schluck.“

Sie setzten sich und tranken einen Schluck, bevor er ihre Frage wieder aufnahm.

„Gegen ihn als Mörder spricht, falls du ähnliche Vermutungen hegst wie Horlacher, dass Dobraz ein ziemlich gewitzter Typ ist und verdammt gute Nerven hat. Außerdem ist er bisher noch nie durch Ausübung von Brutalität, zum Beispiel eine Schlägerei oder Ähnliches, aufgefallen.“

Na ja, so ganz mochte Rita ihm da gedanklich nicht zustimmen. In der Regel machten Kriminelle nicht gerade wegen ihres beständigen Charakters von sich reden. Im Gegenteil. Die meisten von ihnen lernten schnell dazu, drehten jedes Mal ein bisschen mehr auf und ein bisschen schneller durch.

„Damals kam er aufgrund der schlagzeilenträchtigen Einbruchserie und wegen anderer kleinerer Delikte, die wir ihm ebenfalls anhand seiner Fingerabdrücke nachweisen konnten, in U-Haft. Und es drohte ihm eine saftige Haftstrafe. Als er dem Richter vorgeführt werden sollte, hat er sich jedoch einer Verurteilung durch Flucht entzogen. Man hatte ihm schon die Handfesseln abgenommen, da sprang er, ohne eine Sekunde zu zögern, aus einem unvergitterten Fenster im ersten Stock, das zudem noch einladend offen stand. Bis sich irgendeiner der Zurückgebliebenen von dem Schock erholt hatte und auf die Idee kam, ihm nachzusetzen, war er längst über alle Berge."

„Und danach ist er bis jetzt polizeilich nicht mehr in Erscheinung getreten?"

„Danach war er wie vom Erdboden verschluckt. Ein weniger erfolgreicher Gauner in punkto Fluchtversuch, der früher angeblich mal ein Ding mit ihm gedreht hat und kurz darauf wieder in der Patsche saß, ließ bei einem Verhör durchblicken, dass Dobraz von jemandem, von dem er nur den Vornamen kenne, angeblich auf Mallorca gesichtet worden sei. Er soll dort mit einer Frau zusammenleben, der eine gutgehende Strandkneipe gehört, und angeblich eine kleine Autowerkstatt betreiben, in der er ab und zu Nobelkarossen von ansässigen gut betuchten Ausländern frisiert. Nichts Genaues ..."

Wildermuth sah sie bedeutsam an. Und sie gab zu erkennen, dass sie ihm durchaus folgen könne.

„Dobraz wäre nicht der Erste, dem es gelungen ist, sich nach einer Reihe von Straftaten ins Ausland abzusetzen.

Und, unter uns gesagt, wenn ich dann noch Kenntnis davon erhalte, dass ein Wiederholungstäter, wie er, mit seiner eigenen Hände Arbeit anständig wird und sein Leben wieder in den Griff kriegt, dann ist mir das allemal lieber, als wenn er nach Verbüßung einer längeren Haftstrafe in schlechter Gesellschaft völlig aus der Bahn fliegt."

„Das sehe ich auch so“, stimmte ihm Rita zu.

„Eine Überprüfung dieser Angaben haben wir damals nicht in Erwägung gezogen, weil die Glaubwürdigkeit des aussagefreudigen einstigen Komplizen stark angezweifelt werden musste. Obwohl … so eine kleine dienstliche Stippvisite auf Mallorca …“

Er schaute Rita mit einem verschmitzten Lächeln an, dann winkte er ab.

„Bei diesen Burschen muss man immer auch eine absichtlich falsch gelegte Spur ins Kalkül ziehen. Ganovenehre … Nun ja, dir brauche ich das ja nicht zu erklären.“

„Jetzt scheint er jedenfalls wieder im Land zu sein und, deiner Meinung nach, erneut sein Unwesen zu treiben“, sagte Rita.

Wildermuth nickte leicht verdrossen.

„Hast du denn schon irgendeinen Clou, wo er sich derzeit aufhalten könnte?“, fragte sie.

Er schüttelte bedauernd den Kopf.

„Keine Ahnung. Vielleicht sollten wir uns doch mal auf Mallorca umsehen. Unter der deutschen Adresse jedenfalls, die wir in seiner alten Akte haben, lebt erwiesenermaßen seit Jahren jemand anderes. Und natürlich ist er nirgendwo polizeilich gemeldet.

Letzteres überraschte Rita nicht.

„Was willst du eigentlich von ihm?“, fragte Wildermuth.

„Ich suche einen Mörder. Vielleicht hat er in der Nacht etwas beobachtet.“

Wildermuth nickte grüblerisch.

„Du bist auch an der Sache dran?“

„Ja, wegen Phil … Ich weiß nicht, ob sich das bis zu dir herumgesprochen hat … Phil arbeitet hin und wieder für mich.“

Wildermuth nickte.

„Er wird verdächtigt."
„Und du glaubst, dass er unschuldig ist?"
„Ja."
„Was macht dich so sicher?"
„Mein Bauch …?" Sie lächelte ungewiss. „Ich kann es nicht genau sagen. Ich weiß nur, dass er es nicht war."

10

Rita hätte Nicoles Eltern gern noch ein bisschen mehr Zeit gegeben, sich vom Allerschlimmsten zu erholen. Aber je mehr Zeit sie verstreichen ließ, desto geringer wurde ihre Chance, eventuell wichtigen Informationen nachgehen zu können, um auf die Spur des Mörders ihrer Tochter zu kommen. Letztendlich mussten sie ja auch die Befragungen der Kripo aushalten, und bestimmt lag es auch in ihrem Interesse, dass der Mord an ihrer Tochter so schnell wie möglich aufgeklärt werden würde. Sie beschloss, die Fischers aufzusuchen.

Wie sich herausstellte, wohnten sie in einem gepflegten Viertel am Killesberg in einem großen alten Haus, umgeben von großen alten Bäumen und einer Nachbarschaft, in der das bislang größte Unglück vermutlich das Nichtausliefern der Tageszeitung und das schlimmste Vergehen die Missachtung der Kehrwoche gewesen war. Nun starrte Nicoles Vater nach dem Öffnen der Haustür verständnislos auf die Lizenz einer Privatdetektivin.

„Was wollen Sie von uns?“

„Ich bin beauftragt, im Zusammenhang mit dem Mord an Ihrer Tochter zu ermitteln.“

Er sah sie ungläubig an.

„Die Polizei kümmert sich … In wessen Auftrag ermitteln Sie?“

„Im Auftrag von Philipp Boormann.“

Herr Fischer machte einen Schritt zurück.

„Wie bitte?“ Er sah sie entgeistert an. „Er ist der Hauptverdächtige.“

„Laut Polizei“, sagte Rita.

„Was soll das denn heißen? Die Polizei wird wohl am besten wissen, warum sie … Wir halten ihn auch für schuldig.“

Er ging wieder einen Schritt auf sie zu, wie um sie aus der Tür zu drängen, wobei er seinen Zorn und seine Trauer kaum verbergen konnte.

„Aber er ist unschuldig“, beharrte Rita und sah ihn beschwörend an. „Ich möchte Sie ja nur bitten, mir ein paar Fragen zu beantworten.“

Etwas in ihrer Gestik oder in ihrem Blick schien eine positive Erinnerung bei ihm auszulösen, die ihn etwas milder stimmte.

„Na gut“, sagte er und bat sie herein. Sie folgte ihm ins Wohnzimmer.

„Rose, das ist Frau Volk. Sie ist Privatdetektivin und wegen Nicole hier“, stellte er sie seiner Frau vor, die ihr mit einer apathischen Handbewegung den Sessel an der Sitzecke anbot.

„Ich möchte Ihnen gern helfen, den Mörder Ihrer Tochter zu finden“, sagte Rita nachdrücklich und setzte sich.

Nachdem Nicoles Eltern zusammen auf der Couch Platz genommen hatten, saßen sie ihr eine Weile schweigend gegenüber und starrten sie an. Dass ihrer schönen jungen Tochter etwas so Grausames wie Mord zugestoßen war, und dazu noch auf so brutale Art und Weise, sprengte schlicht ihr Vorstellungsvermögen. Und dann brach es plötzlich aus ihnen heraus.

„Nicole war unser einziges Kind ... Sie war unser Lebensinhalt und ...“, begann Nicoles Mutter stockend und weinte.

„... und unser ganzes Glück“, vollendete Nicoles Vater den Satz und streichelte die kraftlos im Schoß liegenden Hände seiner Frau.

Rita hatte diese Allerweltssätze schon oft gehört, aber aus dem Mund der beiden klangen sie trotzdem nicht abgedroschen.

„Wir haben ihr all unsere Liebe und Fürsorge gegeben ...“, hob sie wieder an und brach verzweifelt ab.

„Wir haben wirklich alles versucht, ihr den Weg für ein erfolgreiches, unbeschwertes, zufriedenes und glückliches Leben zu ebnen“, sagte er und machte ein unglückliches Gesicht. „Jetzt machen wir uns schwere Vorwürfe, dass wir nachgegeben und Nicoles Wunsch erfüllt haben, Model zu werden.“

Nicoles Mutter nickte und wischte sich mit beiden Händen die Tränen vom Gesicht.

„Sie sollten sich das nicht vorwerfen. Gute Eltern versuchen immer, die Wünsche ihrer Kinder zu erfüllen“, sagte Rita.

Nicoles Vater schüttelte vehement den Kopf.

„Es war ein Fehler. Wir sind inzwischen ziemlich sicher, dass nach allem, was wir inzwischen über diese schnelllebige, oberflächliche und mit Drogen verseuchte Szene in Erfahrung bringen konnten, ihr Mörder aus diesem Dunstkreis kommt.“

Nicoles Mutter nickte ihrem Mann unentwegt zu. Sie hatte sich inzwischen ein bisschen gefasst, und seine vernichtenden Behauptungen schienen ihre uneingeschränkte Zustimmung zu finden.

„Wir haben diesen Kollegen Phil nie persönlich kennen gelernt, und wir trauten ihm auch nicht“, erklärte sie unumwunden. „Nicole hat so gut wie nichts über ihn verlauten lassen, obwohl sie sonst mit ihren neuen Freunden und Bekanntschaften nicht so hinterm Berg hielt.“

Sie sah ihren Mann an, als erwarte sie seine Bestätigung, und er ließ sie nicht im Stich.

„Ein Bademoden- und Unterwäschemodel, das praktisch nur halbnackt posiert! Dieser Beruf ist eines Mannes unwürdig“, beendete er in scharfem Ton das unleidige Thema.

Da fehlte nur, dass Edgar Fischer gewusst hätte, dass Phils Haut schwarz wie Basalt und sein Urgroßvater, wie er gelegentlich mit unverhohlenem Vergnügen bei Festnahmen ins Gespräch einfließen ließ, noch Menschenfresser gewesen war!

Höchste Zeit für einen Themenwechsel.

„Wie ich hörte, lebte Ihre Tochter noch mit Ihnen zusammen unter einem Dach."

„Das stimmt", sagte Nicoles Mutter. „Sie hatte das obere Stockwerk ganz für sich allein. Sie war ja ständig unterwegs. Wie hätte sie da einen eigenen Haushalt organisieren sollen. Ich dagegen bin den ganzen Tag zuhause und konnte mich in ihrer Abwesenheit um ihre Wohnung kümmern. Es war nicht viel Arbeit."

Sie machte eine kleine Pause und ihr Blick kehrte sich nach innen.

„Wenn sie von ihren Reisen zurückkam, haben wir oft zusammengesessen, und sie hat uns dann von ihren vielen Erlebnissen berichtet. Wir haben uns so gut verstanden und so viele schöne gemeinsame Stunden ..." Sie brach abrupt ab und warf ihrem Mann einen hilflosen Blick zu. Er konnte ihr aber im Moment auch nicht helfen und sah verlegen zu Rita hinüber. Rita nahm die Gelegenheit wahr, ihn an den Grund ihres Besuches zu erinnern.

„Dürfte ich mir die Räumlichkeiten einmal ansehen? Ich würde gern einen persönlichen Eindruck von ihrer Tochter gewinnen. Vielleicht finde ich einen Anhaltspunkt. Ich weiß, die Polizei war schon da und hat ..."

„Selbstverständlich", sagte er und stand auf, erleichtert der misslichen Lage entrinnen und etwas Nützliches tun zu können. „Kommen Sie, ich begleite Sie nach oben."

Auf halber Treppe blieb er stehen und wandte sich zu ihr um.

„Es tut mir leid, dass ich anfangs so unwirsch Ihnen gegenüber war. Inzwischen bin ich Ihnen dankbar, dass Sie gekommen sind, und wir werden selbstverständlich alles tun, um Sie bei Ihrer Arbeit zu unterstützen. Wenn es nur hilft, Nicoles Mörder zu finden."

Oben angekommen wies er im Flur mit der Hand auf die Eingangstür zur Wohnung seiner Tochter.

„Sie ist offen. Ich bin sicher, Sie finden sich am besten allein zurecht."

Er sagte das ohne Sarkasmus und lief anschließend rasch die Treppe wieder hinunter.

Als Rita Nicoles Wohnung betrat, war sie überrascht wie offen und ultramodern sie sich präsentierte, ganz anders als die ihrer Eltern einen Stock tiefer. Die einzige Tür, die geschlossen war, führte ins Schlafzimmer.

Rita betrachtete das sorgfältig gemachte Bett, die Satelliten-Leselampe, Nicoles schönes Gesicht auf der *Vogue*, die auf dem Nachttisch lag. Mit dem Schlafzimmer war sie schnell fertig. Es gab keine Anhaltspunkte, die ihr etwas Außergewöhnliches über die Bewohnerin verraten hätten. Und mit dem Rest der Wohnung erging es ihr ähnlich.

Nicole gehörte ganz offensichtlich nicht zu den Menschen, die wo sie gingen oder standen auffällige Spuren ihrer verborgenen Sehnsüchte oder Neigungen hinterließen, um sich herum drapierten oder gar ausstellten, die Aufschluss über ihre Persönlichkeit gegeben hätten oder wenigstens einen Hinweis.

Ihre Wohnung wirkte auf den ersten Blick unberührt wie ein Bannwald oder wie das Zimmer eines geliebten Vermissten, in dem man nichts verändert hat, damit er jeden Moment durch die Tür kommen und seine üblichen Gewohnheiten wieder aufnehmen konnte. Sie erinnerte sich, dass Phils Wohnung in der Stadtmitte einen ähnlichen ersten Eindruck auf sie gemacht hatte, was wohl damit zusammenhing, dass beide mehr unterwegs als zu Hause waren.

Eine bestechend schöne Designercouch, ein paar wenige ungewöhnliche Möbelstücke sparsam über die gesamte Wohnung verteilt sowie zwei großformatige Pop-Art-Gemälde gaben jedoch allenfalls Auskunft darüber, dass sie gut im Geschäft war und großzügige Dimensionen schätzte. Aber hieß das automatisch, dass sie in anderen Bereichen des Lebens auch so großzügig dachte und handelte? War sie nicht wegen einer Lappalie, an die sich Phil nicht einmal mehr erinnern konnte, dermaßen aus den Fugen geraten, dass sie sich wutschnaubend bei Nacht und Nebel davongemacht hatte?

Die Klingel an der Haustür der Fischers riss sie aus ihren Gedanken, und kurz danach betrat die Hausherrin die Wohnung ihrer Tochter.

„Hat es Ihnen denn etwas gebracht, sich hier ein wenig umzusehen?"

„Ich denke schon", antwortete Rita, um sie nicht zu enttäuschen.

„Der Freund von Nicole ist gerade gekommen. Möchten Sie ihn vielleicht kennen lernen? Er hat seinen freien Tag dazu genutzt, uns einen Besuch abzustatten. Er ist immer noch so aufmerksam und anhänglich. Vielleicht kann er ja auch irgendwie dazu beitragen ..." Sie sprach den Satz nicht zu Ende, weil ihr die Stimme wieder zu versagen drohte.

„Sehr gern."

Nicoles Eltern griffen nach jedem Strohhalm und waren dankbar für jeden, der sich außer der Polizei noch für Nicoles Tod interessierte oder sich gar, wie sie, darum bemühte, den Mörder ihrer Tochter zu finden. Der Besuch von Nicoles Ex kam Rita sehr zupass, stand er doch ganz oben auf ihrer Verdächtigenliste.

Der Mann, der neben Edgar Fischer im Wohnzimmer stand, wurde ihr als Dr. Michael Pott vorgestellt, Unfallchirurg im Katharinenhospital und, wie sich Rita im Verlauf des Gespräches immer deutlicher offenbarte, noch immer erstaunlich eifersüchtig und nachtragend.

Den Fischers schien das nicht aufzufallen. Sie waren sichtlich beeindruckt von seinem Beruf und seinem Auftreten. Rita meinte sogar, immer noch ein gewisses Bedauern darüber herauszuhören, dass Nicole ihn abserviert hatte. Für sie wäre er zweifellos der perfekte Schwiegersohn gewesen.

Pott war älter, als sein jungenhaftes Auftreten zunächst vermuten ließ – vielleicht Ende dreißig. Und er war nicht unattraktiv, wirkte aber nervös und schlecht gelaunt. Was ihr noch auffiel, war, dass er unentwegt und ziemlich rücksichtslos über den Verlust seiner Ex-Freundin jammerte, wobei er sich selbst am heftigsten bedauerte. Er scheute selbst davor nicht zurück, eine Sonderstellung in punkto Trauern für sich zu beanspruchen.

„Mich hat es besonders hart getroffen, denn ich habe Nicole innerhalb kurzer Zeit sogar zweimal verloren. Das erste Mal, nachdem sie sich von mir getrennt hat und das zweite Mal durch ihren Tod."

Zu guter Letzt platzte er noch unaufgefordert mit der Aussage heraus, für die Tatzeit kein Alibi zu haben, sondern allein zu Hause gewesen zu sein, wobei er eine merkwürdige Betonung auf das Wort allein legte, und Rita sich des Eindrucks nicht erwehren konnte, dass er das für die Fischers tat, um noch einmal zu demonstrieren, was für einen treuen Schwiegersohn in spe sie in ihm verloren hatten. Offenbar war ihm völlig gleichgültig, wie sie sein Bekenntnis möglicherweise deuten würde.

Entweder hielt er sie für besonders dumm oder meinte selbst besonders raffiniert zu sein. Wie auch immer, sie würde es herausfinden. Jedenfalls konnte sie, selbst nach dieser kurzen Begegnung, problemlos nachvollziehen, warum Nicole ihn gegen Phil eingetauscht hatte.

Potts erstaunlich freimütiges Geständnis, kein Alibi für die Mordnacht zu haben, nagte an Rita, gleich nachdem er den Mund zugemacht hatte, und am liebsten hätte sie ihn sofort in die Zange genommen.

In Anwesenheit der Fischers wäre das aber schlecht gegangen, ohne sie zu kränken. Und nicht sehr viel länger würde es dauern, seine Darstellung zu überprüfen, wenn sie sich seine momentane Abwesenheit vom Arbeitsplatz zu Nutze machte und sich seine Aussage von seinem Mitarbeiterstab bestätigen oder entkräften ließ. Also ließ sie die drei, die sich so gut verstanden, unter sich und verabschiedete sich.

Herr Fischer begleitete sie zur Tür.

„Was hat sie umgestimmt?“, fragte Rita.

Einen Moment sah er sie überrascht an, dann erinnerte er sich.

„Etwas an der Art, wie Sie diesen Philipp Boormann verteidigt haben … Es hat mich an Nicole erinnert.“

11

Sie war noch nie im Katharinenhospital gewesen, weder als Patientin noch als Besucherin, war aber schon oft an dem Gebäude vorbeigefahren, ohne es bewusst wahrzunehmen. Bei näherer Betrachtung überraschte und beeindruckte sie die Größe dieses mehrfach in sich verschachtelten Krankenhauskomplexes, über dessen Dach gerade lautstark ein Hubschrauber den Landeplatz ansteuerte. Und als sie kurz danach den hohen Glasvorbau durchschritt, der als Empfangshalle diente, kam sie sich einen Moment wie in der Abfertigungshalle eines Flughafens vor.

Sie umging die Empfangsdame, die sich an einer Traube von Besuchern abarbeitete, die alle einer einzigen besorgten Großfamilie anzugehören schienen und suchte … Ja wonach suchte sie eigentlich?

Pott war Unfall-Chirurg. Demnach musste es eine entsprechende Abteilung geben, in der die Notfälle, die der Rettungshubschrauber auf dem Dach einflog, behandelt wurden.

Sie sah sich in der riesigen Empfangshalle um und entdeckte neben der den Raum beherrschenden Freitreppe eine Informationstafel, auf der unmissverständlich stand, dass sich die Notaufnahme Chirurgie im ersten Stock befand. Da konnten die Abteilung Unfall-Chirurgie und das Büro der Stationsschwester auch nicht weit sein. Bald würde sie Gewissheit haben.

Ein Anflug von Jagdfieber erhöhte ihre Pulsfrequenz und ließ sie die imposante Freitreppe im Rekordtempo nehmen – immer zwei Stufen auf einmal. Und mit jedem Sprung nach oben breitete sich ein bisschen mehr Hoffnung aus. Endlich ging es weiter! Nur noch ein paar Schritte und sie hätte Klarheit darüber, wo sich Dr. Pott zur Tatzeit aufgehalten hatte.

Was sie am Ende der Treppe vorfand, war jedoch leider nur der Eingang zu einem weit verzweigten Labyrinth von Gebäuden, An- und Umbauten mit einer Unmenge von verwirrend platzierten Hinweisschildern auf die verschiedenen Abteilungen und Pfeile, die in sämtliche Richtungen deuteten. Ernüchtert pickte sie sich einen Pfeil heraus und machte sich auf den Weg.

Eine Weile irrte sie erfolglos durch lange freudlose Flure, auf denen es penetrant nach Sagrotan roch, und wo ihr immer wieder Patienten in hässlich gestreiften Pyjamas, notdürftig gegürteten Bademänteln, verbeulten Jogginganzügen und ausgetretenen Hausschuhen begegneten, die langsam dahinschlurften und den Eindruck hinterließen, als würden sie den Tag nicht überleben. Allmählich wünschte sie sich, sie hätte sich der Großfamilie vor dem Empfangsschalter angeschlossen und sich vorher ein bisschen kundig gemacht. Vereinzelt hastete auch ein Arzt oder eine Krankenschwester mit wehendem Kittel an ihr vorbei, die sie aber nicht nach dem Weg fragen mochte, weil sie so offensichtlich in Eile waren.

Irgendwann im Verlauf dieser komplizierten Schnitzeljagd stieß sie auf Haus C 6, in dem sich über sieben Stockwerke verteilt nicht näher beschriebene Chirurgische Abteilungen befanden. Auch die für Unfall-Chirurgie?

Sie suchte und fand den Aufzug, der zu Haus C 6 gehörte, konnte ihn sogar noch anhalten und betreten. In der Eile war ihr Blick allerdings zu spät auf eine hübsche mandeläugige Schwester gefallen, die mit einer Petrischale voll gelber Flüssigkeit direkt neben dem Tastenfeld für die einzelnen Stockwerke stand.

Um an die Taste für den siebten Stock heranzukommen, neben der tatsächlich das magische Wort *Unfall-Chirurgie* stand, musste Rita mit der Hand hautnah an der Petrischale vorbei fassen und zögerte einen Moment. Die Schwester bemerkt ihr Zögern, lächelte freundlich und wich höflich aus, wobei die Flüssigkeit in der Schale sofort heftig hin- und herzuschwappen begann und einen kleinen Eiertanz der beiden Frauen in Gang setzte, von dem keine wusste, wie er ausgehen würde.

Rita starrte wie hypnotisiert auf die immer heftiger schwappende Flüssigkeit und wartete auf den entscheidenden Ruck des Aufzugs beim nächsten Stopp. Als er dann sanfter hielt, als befürchtet, und die Schwester mit der Petrischale ausstieg, lehnte sie sich erleichtert an der Aufzugswand zurück und fuhr entspannt weiter bis zur Endstation Unfall-Chirurgie.

Das Büro der Stationsschwester befand sich etwa in der Mitte des Flurs. Die Tür stand offen, und die Frau, die vom Tresen aufsah, trug ein Namensschild am Revers ihres Kittels, das sie als Schwester Inge auswies.

„Guten Tag! Ich suche die Stationsschwester."

„Da sind Sie bei mir richtig", sagte Schwester Inge.

Rita zog ihre Lizenz aus der Jackentasche und überließ sie ihr, damit sie einen guten Blick darauf werfen konnte.

„Ich bin Privatdetektivin und ermittle im Mordfall Nicole Fischer."

„Der arme Dr. Pott!", rief Schwester Inge spontan aus. „Er ist seitdem nicht mehr derselbe."

Rita trug ihr Anliegen vor und musste bei der Frau keine verschlossenen Türen einrennen. Der schreckliche Mord an der Freundin des von ihr hoch verehrten Doktors war ihr natürlich bekannt, und sie war selbstverständlich gern bereit, einer, wie sie glaubte, eigens von ihm engagierten Privatdetektivin zu helfen.

Rita widersprach ihr nicht.

12

Als Rita nach dem Gespräch mit Stationsschwester Inge wieder auf die Straße trat, gab es in Bezug auf Dr. Potts Aufenthaltsort zur Tatzeit keine Ungereimtheiten mehr. Aber das krasse Missverhältnis zwischen ihren Angaben und denen des Doktors ließen sie nachdenklich zu ihrem Auto zurückgehen.

Nicoles Ex war vielleicht ein guter und erfahrener Chirurg, wie sein Chefarzt ihm vermutlich ohne Bedenken ins Stammbuch geschrieben hätte. Er war vielleicht sogar der perfekte Schwiegersohn, wie Edgar und Veronika Fischer jedem, der es hören wollte, mit leisem Bedauern in der Stimme versichert hätten. Er war aber ganz bestimmt auch ein Lügner und ein Spinner, wie Rita ohne jede Anwendung von List in kürzester Zeit aus erster Hand und schwarz auf weiß in Erfahrung gebracht hatte.

Dr. Michael Pott war in der Tatnacht zur fraglichen Zeit definitiv nicht allein zuhause gewesen, sondern hatte Nachtdienst gehabt. Es hatte weder eine Änderung des Dienstplans gegeben, noch hatte er mit einem seiner Kollegen den Bereitschaftsdienst getauscht. Stationsschwester Inge hatte nämlich in der Tatnacht ebenfalls Dienst gehabt und ihren Chef und die OP-Schwestern persönlich mit Kaffee und warmen Snacks versorgt, denn es war hoch hergegangen.

Auf der Schwieberdinger Straße in Fahrtrichtung Münchingen, an der Kreuzung auf Höhe der Firma Porsche, hatte sich ein Verkehrsunfall ereignet, bei dem ein Lastwagen und ein PKW frontal aufeinandergeprallt waren. Der schwer verletzte PKW-Fahrer war mit dem Rettungshubschrauber eingeflogen worden, und der Doktor hatte von kurz nach Mitternacht bis fünf

Uhr morgens praktisch ununterbrochen im OP gestanden und den jungen Mann wieder zusammengeflickt.

Also wasserdichter ging es nicht.

Was Pott dazu veranlasst hatte, Nicoles Eltern und ihr gegenüber etwas anderes zu behaupten, lag offenbar tatsächlich an dem Wunsch, noch einmal in den Genuss der Bewunderung und des Bedauerns von Nicoles Eltern zu kommen, die stets große Sympathie für ihn gehegt hatten. Ganz im Gegensatz zu ihrer Tochter, die ihn so beklagenswert verkannt hatte. Vielleicht dachten sie sogar, hätte sie ihn weiterhin an ihrer Seite geduldet, wäre alles anders gekommen.

Rita hatte einen ganz anderen Eindruck von ihm gewonnen. Sie fand sein Auftreten berechnend und gleichzeitig unberechenbar bis gefährlich. In ihren Augen war er ein Hasardeur.

Was war los mit Dr. Pott? Hatte ein lupenreines Alibi, riskierte aber mit seiner leichtsinnigen Aussage, unter Mordverdacht zu geraten. Warum tat er das? Nur um bis in alle Ewigkeit bei den Fischers als der perfekte Schwiegersohn zu gelten? Diesen Bonus hatte er bei Rita definitiv nicht.

Irgendetwas stimmte nicht mit ihm. Passte nicht. Was für ein Spiel trieb er? Die Auswahl an perfiden Knalls war riesengroß – für den einen oder anderen vielleicht sogar unglaubwürdig weil unvorstellbar. Und sie waren immer höchst persönlicher Natur. Wo da ansetzen?

Auf jeden Fall brachte er, ihrer Meinung nach, für jemanden mit einem so verantwortungsvollen Beruf seine Prioritäten sträflich durcheinander. Wie er unter extremem Stress auf eine brenzlige Situation im Operationssaal reagieren würde, wäre ihr jedenfalls keinen persönlichen Test wert. Im Ernstfall würde sie sich lieber von einem seiner Kollegen operieren lassen, von dessen seelischer Verfassung ihr nichts bekannt war.

Als sie zu ihrem Auto zurückkam, klemmte ein Strafzettel unter dem Scheibenwischer. Der dritte in dieser Woche. Sie stieß einen wenig damenhaften Fluch aus und sah sich nach der Übeltäterin um. Weit und breit war jedoch kein uniformblaues Käppi mehr zu sehen. Eines Tages würde sie sich eine dieser eifrigen Politessen schnappen, ihr den Wisch in den Mund stopfen und sie zwingen, ihn vor ihren Augen aufzuessen.

Frauen in Uniform!

Der wunderbare und viel zu früh gestorbene Schwabenrocker Wolle Kriwanek war sogar noch weiter gegangen: *… oh, I kennt se fressa, dia kloine Politessa …*

13

Nach Ritas Einschätzung müsste der Autopsiebericht inzwischen längst fertig sein, und sie überlegte kurz, wie sie Dr. Pale ein paar wichtige Details abluchsen könnte, bevor er sich an die Dienstvorschriften erinnerte. Die besten Erfahrungen hatte sie bisher immer mit dem Überraschungseffekt gemacht und deshalb griff sie, ohne weitere Zeit zu verlieren, zum Telefonhörer, um den Mann ein bisschen abzuklopfen.

„Pale", meldete sich der Gerichtsmediziner. Er klang müde. Offenbar war er wieder einmal völlig überarbeitet, wie er das auch schon zu ihrer Zeit bei der Mordkommission immer gewesen war. Das war gut für sie.

„Hallo Dr. Pale, R. Volk hier."

Keine Reaktion am anderen Ende der Leitung. War er eingeschlafen? Sie wiederholte noch einmal ihren vollen Namen.

„Das ist ja eine Überraschung!", rief er plötzlich putzmunter aus. „Wie viele untreue Ehemänner haben Sie denn inzwischen überführt?"

„Wieso fragen Sie? Haben Sie etwa auch ein schlechtes Gewissen?"

Pale lachte.

„Meine Frau beklagt sich höchstens darüber, dass ich mich erst so richtig für eine Frau zu interessieren beginne, wenn sie tot ist. Das ist doch aber sicher nicht der Grund Ihres Anrufs."

„Wie man's nimmt. Für eine Ihrer Toten interessiere ich mich zurzeit ebenfalls."

„Hätte ich mir denken können."

„Für Nicole Fischer."

„Sie wissen doch, dass ich Ihnen keine Auskunft geben darf."

„Natürlich weiß ich das, aber ich bitte Sie trotzdem um ein

paar Informationen. Denn, wie Sie sicher auch wissen, ist ein guter Freund von mir in die Sache verwickelt."

„Der mit dem Waschbrettbauch?" Er lachte. „Horlacher hat etwas in der Richtung erwähnt."

Rita ging nicht darauf ein.

„Also was ist, können Sie eine Ausnahme machen?"

Er antwortete nicht. Alles, was sie hörte war das Geraschel von Papier.

„Sie haben Glück. Der Bericht liegt noch auf meinem Schreibtisch. Das bleibt aber unter uns."

„Selbstverständlich."

Es vergingen ein paar Sekunden.

„Okay. Fünf Einstiche in die Brust und einen in den Rücken. Breite und Tiefe der Einstiche deuten auf ein handelsübliches Haushaltsmesser mit stabiler Klinge hin, die Heftigkeit bei der Ausführung auf eine Beziehungstat."

Er machte eine Pause.

„Ist das alles?"

„In den Stichwunden befanden sich winzige Reste von Gummiabrieb, die, wie der Abgleich im Labor ergab, mit dem Gummityp der Reifen an ihrem Auto übereinstimmen."

„Das heißt, sie ist mit demselben Messer getötet worden, mit dem auch die Reifen ihres Autos durchstochen wurden."

„Ja."

„Wurde die Mordwaffe eigentlich inzwischen gefunden?"

„Nein."

„Gab es Spuren von Gegenwehr?"

„Nein."

„Würden Sie sagen, sie ist überrumpelt worden?"

„Mit Sicherheit. Sie hat bei ihrer Größe nur wenig Gewicht auf die Waage gebracht und hatte einen Alkoholpegel von 1.7

Promille. Und, sie ist von hinten attackiert worden. Der erste Stich ging in den Rücken."

„Was ist mit der Tatzeit?"

„Die Tatzeit bewegt sich zwischen zwei Uhr dreißig und drei Uhr."

„Gibt es sonst noch etwas, das ich wissen sollte?"

Er schnaubte ungeduldig.

„Nein! Eigentlich hätte ich Ihnen nicht einmal diese Informationen geben dürfen. Das wissen Sie. Wie lange arbeiten Sie schon nicht mehr in der Abteilung, ja nicht einmal mehr bei der Mordkommission? Wenn Horlacher wüsste, was ich hier mache, würde er mich umbringen."

„Ach was, der kann Sie doch gar nicht entbehren."

Wie aufs Stichwort hörte sie im Hintergrund plötzlich Horlachers unverwechselbares Organ, und Pale legte nach einem knappen Abschiedsgruß auf.

Das war ja noch mal gut gegangen!

Normalerweise hätte sie Pale gar nicht persönlich bemüht. Aber ihre übliche Informationsquelle stand ihr im Moment leider nicht zur Verfügung. Ihr weniger ängstlicher Ex-Kollege Arti, der auch auf den tugendhaften Namen Arthur Fromm hörte, verbrachte gerade seinen gesamten Jahresurlaub für sie unerreichbar angelnd oder fischend auf einem gemieteten Ferienboot im Seenlabyrinth von Saimaa in Finnland.

Trotzdem war sie froh, nicht bis zu seiner Rückkehr gewartet zu haben, denn jetzt war zumindest schon einmal eines klar: Reifenstecher und Mörder waren definitiv ein und dieselbe Person.

14

„Sag mal, hast du es sehr eilig oder könntest du mir einen riesigen Gefallen tun und mich in die Autowerkstatt fahren? Mein Auto ist fertig."

Rita machte große Augen.

„Dein Auto ist schon in der Werkstatt? Ich dachte es ist brandneu."

Phil grinste leicht verlegen.

„Das ist keine gewöhnliche Auto-Reparaturwerkstatt, sondern eine Tuning-Werkstatt mit den beiden besten Automechanikern weit und breit. Ich habe das Auto ein bisschen aufmotzen lassen. Tieferlegen, breitere Reifen, Alufelgen ... Willst du, dass ich alles aufzähle?"

„Gott bewahre!"

„Also was ist? Fährst du mich?"

Rita nickte.

Sie hatte kurz bei Phil reingeschaut, um zu hören, ob Horlacher ihm Reiseerlaubnis erteilt hatte, damit er weiter ungehindert seinem Job nachgehen konnte und um herauszufinden, ob er bei dieser Gelegenheit vielleicht etwas Neues zum Fall gehört habe. Natürlich hätte sich das auch telefonisch erledigen lassen, aber sie wollte sich mit eigenen Augen davon überzeugen, wie es ihm ging.

Reiseerlaubnis: Ja. Er war zwar noch nicht vom Haken, aber Horlacher hatte ihm erlaubt, seine Fototermine und Catwalks wahrzunehmen. Allerdings erst nach vorheriger persönlicher Abmeldung unter Angabe des Reiseziels und der Dauer seiner Reise. Und er bestand auf einer pünktlichen persönlichen Rückmeldung. Auflagen, mit denen beide ganz gut leben konnten.

Neues zum Fall: Nein. Ihre Ex-Kollegen traten, seiner Meinung nach, genauso auf der Stelle wie sie.

Die einzige Neuigkeit, mit der er persönlich aufwarten konnte, war, dass ihm inzwischen jemand gesteckt hatte, dass sein Vormieter vom Balkon gesprungen war. Eine Nachricht, auf die er gerne verzichtet hätte und die für sie nichts Neues mehr war.

Ursprünglich hatte sie auch vorgehabt, seinem Nachbar Gregor Wolf ein bisschen auf den Zahn zu fühlen. Sie wollte unbedingt herausbekommen, warum er unschuldige Teddybären malträtierte. Denn normal war das nicht, auch wenn es sich nur um Plüschtiere handelte. Sie hatte ihn aber wieder nicht angetroffen.

„Kannst du mir vielleicht sagen, wann ich deinen Nachbarn am besten zuhause antreffe? Ich habe es schon zu allen Tageszeiten versucht."

Phil stieß ein kurzes, trockenes Lachen aus.

„Wie sollte ich! Ich bin ja selber nie da."

Rita seufzte.

„Dann muss ich es wohl einfach noch eine Weile weiter probieren."

„Warum rufst du ihn nicht vorher an und vereinbarst einen Termin?"

Sie warf ihm einen unmissverständlichen Blick zu.

„Wie lange arbeitest du jetzt schon als Freizeit-Detektiv?"

Er sah verständnislos zurück.

„Wenn ich Wolf vorher anrufe, um mich mit ihm zu verabreden, würde es ihm Gelegenheit geben, sich auf das Gespräch vorzubereiten. Und damit wäre mir nun gar nicht gedient."

„O-Oh!"

„Ja, ja! Also, was ist jetzt mit Auto abholen? Gehen wir?"

„Lass mich nur noch schnell das Hemd wechseln, dann können wir losfahren."

Rita nickte, und er verschwand ins Schlafzimmer.

Als sie allein war, ging sie zur Fensterfront und schaute auf die dicht aneinandergedrängten Baumkronen des kleinen Laubwaldes unter ihr, die sich sanft im Wind wiegten und sie aus dieser Perspektive an eine stille Unterwasserlandschaft erinnerten.

Auf Augenhöhe zogen drei Turmfalken immer weitere Kreise, ließen sich von der Thermik noch ein bisschen höher in den wolkenlosen Himmel treiben und setzten sich anschließend mit kräftigem Flügelschlag über die Felder in Richtung Kelley Barracks ab, wo seit einigen Monaten das Afrika-Corps der US-Armee untergebracht war.

Seit ein Bewohner von Block A vor einigen Jahren ein Turmfalkenpärchen in einer kleinen Zinkbadewanne, in der er Küchenkräuter züchtete, auf seinem Balkon hatte brüten lassen, gab es eine ansehnliche Population von Turmfalken, die inzwischen überall in den Vorsprüngen und Nischen der drei Hochhäuser nisteten.

Ihr Blick fiel auf das SI-Zentrum mit seinen beiden Musical-Theatern ein paar Kilometer Luftlinie direkt gegenüber und wanderte weiter zu dem imposanten Verwaltungsgebäude von Daimler, auf dessen Dach sich unentwegt der berühmte Stern drehte. Tagsüber fielen diese Gebäude nicht besonders auf. Bei Nacht hingegen verwandelten sich ihre Fassaden und Dächer in ein erstaunliches Lichtermeer aus bunter Leuchtreklame, und Phil nannte es *Little Vegas*.

Plötzlich zerstörte das ohrenbetäubende Getöse einer Bohrmaschine brutal die vormittägliche Stille. Automatisch riss sie die Hände hoch und hielt sich die Ohren zu. Sie hasste laute Geräusche und sah sich um. Von woher kam das Dröhnen?

Als ob Lärm leichter zu ertragen wäre, wenn man wüsste aus welcher Richtung er kam und wer ihn verursachte, versuchte sie ihn zu lokalisieren. Es war unmöglich. Die Bohrgeräusche hätten aus dem Apartment rechts oder links neben dem von Phil oder von jedem anderen Stockwerk über oder unter seinem kommen können.

Sie gab ihr Ansinnen auf und ging ungeduldig ein paar Schritte zwischen den Umzugskartons hin und her. Wie lange, zum Teufel, dauerte es bei Phil ein Hemd zu wechseln? Und wie lange, um eine Wohnung einzurichten? Sie sah sich reflexartig nach einem Fluchtweg um, wollte raus aus der ungemütlichen Umgebung und raus aus dem Krach.

Als er endlich umgezogen wieder auf der Bildfläche erschien, machte er ein nachdenkliches Gesicht.

„Na endlich!“, schrie sie ihn an, um die Bohrmaschine zu übertönen. „Ich dachte schon, du hast das Hemd vorher noch gebügelt!“

Er ging nicht auf ihr Schreien ein, sondern schüttelte nur verwundert den Kopf.

„Was ist los? Du siehst aus, als ob …“, schrie sie weiter in die plötzlich entstandene Stille hinein, als der Heimwerker eine Pause machte.

„Komisch“, sagte er. „Mein Cowboyhemd ist weg. Es hängt nicht im Schrank. Es ist nicht in der schmutzigen Wäsche. Und ich könnte schwören, dass ich es nicht auf meine letzte Reise mitgenommen habe. Aber ich muss mich wohl irren und es in einem der vielen Hotels vergessen haben.“

„Vielleicht ist es in der Reinigung?“

Er schüttelte betrübt den Kopf.

„Hängst du sehr daran?“

„Na ja, es war ziemlich einmalig."

Der Heimwerker beendete seine kurze Pause und warf die Bohrmaschine wieder an. Rita stöhnte genervt auf und signalisierte Phil, sich zu beeilen.

15

Phils Tuning-Werkstatt arbeitete unauffällig hinter dem geschlossenen Rolltor der alten Lagerhalle von PFLEIDERER ALTPAPIER, deren Name immer noch in großen, verblassten Lettern an dem Gebäude prangte.

Die niedrige, lang gezogene Halle befand sich auf einem großen, staubigen Hinterhof, auf den man ohne Vorwarnung stieß, wenn man vor der Löwentorbrücke von der Heilbronner Straße abbog, zwischen den mondänen Glas-und-Stahl-Palästen des großen Bürokomplexes hindurch fuhr und einen kleinen Schlenker nach links machte. Ein Hinterhof, der so ausgestorben auf sie wirkte, als befände er sich in einer verlassenen Goldgräberstadt.

Buntes Graffiti schmückte die Außenwände der Halle von einem Ende bis zum anderen, und ein kleines Schild mit der kuriosen Aufschrift *Body-Car Repair* war so weit vom Eingang der Tuning-Werkstatt entfernt angebracht worden, dass man es nicht unbedingt mit ihr in Verbindung brachte. Früher hatte vermutlich ein Fitness- oder Trainingscenter die Räumlichkeiten gemietet, denn neben dem Rolltor stand die gewichtige, in dunkles Holz gehauene, Statue eines stattlichen Gewichthebers in einem verblassten schwarz-weiß geringelten Trikot. Außer dem kleinen Schild gab es keine Werbung oder einen Hinweis auf die Tuning-Werkstatt. Einzig ein im Hof zur Abholung bereitgestellter BMW in geheimnisvoll blaugrün changierender Effektlackierung und das sporadische Aufheulen eines hochgezüchteten Motors hinter dem geschlossenen Rolltor deuteten darauf hin, dass sich dahinter ein Treffpunkt für Autofreaks verbarg.

Es handelte sich um einen Zweimannbetrieb, und es gab keinen Eintrag im Branchenverzeichnis oder Internet, wie Phil herausfand, als er die Telefonnummer der Werkstatt einmal nicht zur Hand hatte. Ein absoluter Geheimtipp, der einzig durch Mund-zu-Mund-Propaganda weitergegeben wurde.

Rechts neben dem Rolltor befand sich eine altmodische Messingklingel, und auf dem Messingschildchen darunter war in schlichten Buchstaben der Name Kemal Öktemer eingraviert.

Auf Phils Klingeln passierte erst eine Weile gar nichts, dann flitzte das Rolltor in einem einzigen Rutsch nach oben und ein Mann um die Fünfzig mit südländischem Aussehen, in einem hellblauen, makellos sauberen Overall begrüßte ihn mit Handschlag und nickte Rita freundlich lächelnd zu. Mit der freien Hand deutete er auf die Hebebühne, auf der Phils neuer Traum in schwarz metallic stand, und lächelte verschmitzt. Er winkte sie zu sich, wobei er mit der großen Geste eines Magiers Hand anlegte und die Hebebühne herabschweben ließ.

Rita wartete bei ihrer Ankunft auf dem Boden vergeblich auf den Trommelwirbel, während die beiden Männer sofort damit begannen, das Auto verliebt zu umrunden und dabei fachsimpelnd jede einzelne am Fahrzeug vorgenommene Veränderung zu begutachten. Anschließend begaben sie sich in Öktemers winziges Büro, wo Phil die vom TÜV genehmigten und im Fahrzeugschein eingetragenen Veränderungen auf Vollständigkeit überprüfen und das Finanzielle regeln musste.

Rita blieb zurück und umrundete nun ihrerseits staunend Phils neues Baby. Und als sie damit fertig war, sah sie sich ein bisschen in der Werkstatt um.

Durch eine Tür am Ende der Lagerhalle, deren kleines quadratisches Glasfenster auf der Spitze stand, betrat plötzlich ein junger Mann die Halle und kam auf sie zu. Auch er trug einen völlig unbefleckten hellblauen Overall.

Dreckig machten sich die beiden Champion-Mechaniker bei ihrer Arbeit offenbar nicht.

„Gefällt er Ihnen?“, fragte der Neuankömmling mit einem verwegenen Lächeln, und Rita konnte ihre Überraschung kaum verbergen.

Der Mann, der sie angesprochen hatte, sah dem König der Autoknacker zum Verwechseln ähnlich. Zwar trug er seine Haare jetzt länger und sie waren blauschwarz und nach hinten gegelt. Aber da waren die hellen Augen und, verräterisch und unverwechselbar – besonders im Profil, die markante Adlernase. Und das Alter passte auch.

„Elvis, fahr den Roadster auf der Hebebühne schon mal auf den Hof. Wir sind hier gleich fertig!“, rief Öktemer vom Büro herüber. Und Elvis alias Milan Dobraz setzte sich, ohne ihre Antwort abzuwarten, hinter das Steuer, ließ den Motor kurz aufheulen und kurvte davon.

Flüchtig betrachtet sah er dem jungen Elvis tatsächlich ein bisschen ähnlich. Die schlaksige Statur, die gestylten schwarzen Haare, aber vor allem das Lächeln. Sie fragte sich, ob er seine Haare jetzt färbte oder sie vorher hatte bleichen lassen. Es spielte aber eigentlich keine Rolle. Nach dem Polizeifoto und allem, was sie bei ihrem Besuch im Einbruchsdezernat sonst noch über ihn erfahren hatte, war das Wildermuths nervenstarker Autoknacker, der sein Vorhaben allenfalls kurz unterbrochen, aber niemals abgebrochen hätte, nur weil plötzlich eine junge Frau in der Tiefgarage aufgetaucht war. Und wenn dem so war, dann war er ihr Mann und im Moment der Einzige, der Phil aus der Patsche helfen konnte.

Wenn Dobraz tatsächlich Augenzeuge des Mordes an Nicole Fischer geworden war und sich zu einer Zeugenaussage bereit erklären würde, wäre Phil mit einem Schlag aus dem Schneider.

Von so einem Zufall oder so einer Chance träumen Polizisten und Detektive bei kniffligen Fällen. Und dann fingen ihre Gedanken an Purzelbäume zu schlagen.

Sie würde ihm einen Deal anbieten. Seine Aussage gegen ihr Stillschweigen. Sie würde vergessen, dass sie einmal Kriminalkommissarin gewesen war, und dass sie Wildermuth seinen derzeitigen Aufenthalt ohne Verzögerung melden müsste. Das, wofür Dobraz früher einmal verurteilt werden sollte, besänftigte sie ihr Gewissen, waren Jugendsünden und lange her … wenn nicht gar verjährt. Und Mord wog schwerer als jedes Autoknacken, darüber würde sich wohl niemand ernsthaft mit ihr streiten wollen. Und, zu guter Letzt, war sie nicht angetreten, Dobraz' Schuld zu beweisen, sondern Phils Unschuld.

An diesem Punkt hatte die Realität sie dann wieder eingeholt.

Sie könne ihm einen Deal anbieten?

Seine Aussage gegen ihr Stillschweigen?

Träum weiter, Rita!

Sie würde ihm schon garantieren müssen, dass er ungestraft oder wenigstens mit einer milden Strafe davonkäme (eine hübsche Illusion), bevor er sich eventuell zu einer Zeugenaussage im Polizeipräsidium bereit erklären würde. Für weniger würde sie den Mund auch nicht aufmachen.

Inzwischen hatte Dobraz den Roadster am Ausgang des Hinterhofs geparkt und kam zu ihr zurückgeschlendert. Er wirkte absolut selbstsicher und gelassen und rechnete offenbar keinesfalls damit, dass ihm plötzlich jemand die Arme auf den Rücken drehen und ein Paar Handschellen zuschnappen könnten. Er war der geborene Gewinner. Und das Lächeln vom Polizeifoto, sympathisch und irritierend zugleich, umspielte wie ein Markenzeichen permanent seine Lippen. Es war ein Lächeln, das seinem Gegenüber signalisierte: Egal, was du weißt, Freundchen, ich bin dir immer ein kleines Stückchen voraus.

„Gehören Sie zu dem Typ, der den Roadster abholt?“, fragte er.

„Ich habe ihn hergefahren.“

Er nickte und sah sich nach ihrem Fahrzeug um.

„Ich stehe auf der Straße. Aber wo ich schon mal hier bin. Ich bin viel unterwegs und spiele schon eine Weile mit dem Gedanken, ein Navigationsgerät in mein Auto einbauen zu lassen.“

Sie machte eine Pause und sah ihn prüfend an.

Er zuckte mit keiner Wimper.

„Kann ich damit auch zu Ihnen kommen oder ist das ein zu langweiliger Auftrag für eine Tuning-Werkstatt Ihres Kalibers?“

Er lachte freundlich.

„Wenn Sie nicht gerade einen Smart fahren.“

„Geben Sie mir Ihre Karte. Ich rufe Sie dann wegen eines Termins an. Heute bin ich ziemlich in Eile.“

Er fasste in eine der vielen Taschen seines makellosen Overalls und gab ihr eine.

Kemal und Boran Öktemer
Tuning-Werkstatt
Äußerer Nordbahnhof
Stuttgart

stand darauf und eine Handynummer.

„Wer ist wer?“

„Kemal Öktemer ist mein Chef, Boran sein Sohn. Boran starb vor zehn Jahren bei einem … privaten Autorennen. Sein Vater lässt die Visitenkarten aus sentimentalen Gründen nicht ändern.“

„Und nach wem muss ich fragen, wenn ich Sie sprechen will? Nach Elvis?“

„Genau!“, grinste er.

Öktemers Tuning-Werkstatt schien der ideale Unterschlupf für den König der Autoknacker zu sein, denn in seinem Leben schien sich wirklich alles um Autos zu drehen. Diebestouren inklusive.

Phil und Öktemer kamen auf den Hof zurück und verabschiedeten sich mit Handschlag.

„Also dann bis bald, Elvis“, sagte Rita.

Er gab ihr zum Abschied auch die Hand und ging zu Öktemer hinüber. Sagte etwas zu ihm. Vermutlich, dass sie eine potentielle neue Kundin sei, denn Öktemer schaute Rita an, lächelte und hob grüßend den Arm. Danach verschwanden die beiden hellblauen Overalls durch das Rolltor, das, nachdem sie es durchschritten hatten, wie das Fallbeil einer Guillotine hinter ihnen herabsauste und sofort wieder den Eindruck eines seit Jahren verwaisten Hinterhofs hinterließ.

Phil war so vernarrt in sein neu gestyltes Auto, dass er sich reinsetzte, den Zündschlüssel umdrehte und, ohne Rita eines einzigen Blickes zu würdigen, davonraste.

Rita nahm es ihm nicht übel, sondern setzte auf sein schlechtes Gewissen, das sich früher oder später bei ihm melden würde. Es gab nichts zwischen ihnen, das nicht mit einem bisschen Drachenfutter aus dem Weg zu räumen gewesen wäre. Diesmal würde sie ihn zu einem exklusiven Abendessen im *Amador* in Langen verdonnern. Dort wollte sie schon lange einmal hin und das dreißig Gänge Menü der Molekular-Erlebnisküche von Juan Amador testen, und zwar bis ihr der Nachtisch aus der Nase dampfte. Vom edelsten Tropfen des Hauses ganz zu schweigen.

Sie war bereits automatisch ein paar Schritte in Richtung ihres geparkten Autos gegangen, als sie es sich anders überlegte.

Bei ihren regelmäßigen Fahrten zum Polizeipräsidium war ihr in der Vergangenheit eigentlich immer nur der markante Bülow-Tower mit dem stilisierten Dhau-Segel auf dem Dach aufgefallen. Die ultramoderne Bürostadt war später unbemerkt von ihr entstanden, und inzwischen wurde nicht nur gemunkelt, dass reihenweise Büroetagen, ja ganze Bürogebäude leer standen. Von der Existenz des alten Nordbahnhofviertels, das unmittelbar daran angrenzte und in einer Art Dornröschenschlaf lag, hatte sie überhaupt keine Ahnung gehabt.

Sie war sich noch nicht sicher, ob es von Bedeutung war oder nicht, aber genau da, wo die beiden ungleichen Welten aufeinanderprallten, tummelte sich Milan Dobraz, Autoknacker von und Tuningspezialist für Nobelkarossen. Eine schillernde Figur.

Sie beschloss, sich sein Revier einmal ein bisschen genauer anzusehen.

16

Nach ihrer kleinen Sightseeing-Tour durch das alte Nordbahnhofviertel und ein paar überraschenden und interessanten neuen Eindrücken, war sie ziemlich lustlos ins Büro gefahren, wo sich seit drei Tagen die Zeitung, Post und Werbebriefe stapelten, e-mails aufliefen und der Anrufbeantworter hektisch blinkte.

Auf dem Anrufbeantworter war eine Anfrage des Chefs eines Pharmagroßhändlers eingegangen, für den sie schon einmal gearbeitet hatte, mit der dringenden Bitte um Rückmeldung. Wie er kurz andeutete, waren aus dem Versandlager, dem Kühlhaus und sogar aus dem abgeschlossenen Giftschrank wieder größere Mengen Medikamente verschwunden.

Sie würde ihm diesmal absagen müssen, was sie bedauerte. Nicht nur weil die Firma gut und pünktlich zahlte, sondern weil der Undercover-Job als Lagerarbeiterin ihr seinerzeit richtig Spaß gemacht hatte. Aber solange Phil noch in Schwierigkeiten steckte, konnte sie unmöglich einen anderen Auftrag annehmen. Und schon gar keinen, der sie von Montag bis Samstag, in Tages- und Nachtschichten, in eine Lagerhalle verbannte. Das letzte Mal hatte es sechs Wochen gedauert, bis sie die Vorgehensweise durchschaut und dem raffinierten Langfinger auf die Schliche gekommen war.

Sie blätterte gerade in der Akte mit den abgewickelten Aufträgen nach der Telefonnummer des Pharmahändlers, als das Telefon klingelte. Sie hob den Hörer ab, meldete sich und hatte gegen alle Erwartungen Dr. Pott am Ohr.

„Wie kommen Sie eigentlich dazu, sich ohne vorherige Anmeldung auf meine Station zu schleichen und Schwester Inge über mich auszuquetschen?“, schrie er, außer sich vor Wut.

„Haben Sie denn wirklich gedacht, ich würde Ihre merkwürdige Aussage bei den Fischers, wo Sie sich zur Tatzeit des Mordes an Nicole aufgehalten haben, nicht überprüfen? Als Ex-Partner der Getöteten zählen Sie automatisch zu den Hauptverdächtigen."

„Ich bin Arzt."

„Na und? Ärzte sind keine Heiligen."

„Das ist eine unverschämte Beleidigung!"

„Das ist lediglich eine Feststellung, der Sie auch als Betroffener nicht widersprechen können."

Er schnappte nach Luft, verkniff sich jedoch, weiter auf dieses Thema einzugehen und sagte dann plötzlich ganz unaufgeregt: „Ich bin unschuldig."

„Wenn das so ist, warum haben Sie dann behauptet, Sie seien zur Tatzeit allein zuhause gewesen? Finden Sie das besonders clever?"

In der Pause, die er einlegte, hörte sie im Hintergrund ein klassisches Orchesterstück. Rief er vom Operationssaal aus an?

„Ich habe ein Alibi. Ich kann beweisen, dass ich zur Tatzeit in der Klinik war."

„Ihr Alibi kenne ich bereits."

„Was wollen Sie dann noch von mir?"

„Sie scheinen vergessen zu haben, dass Sie mich angerufen haben."

Am anderen Ende der Leitung setzten ein paar Streicher ein und das Pizzicato eines Kontrabasses war zu hören. Dann wiederholte er noch einmal eigensinnig: „Ich bin unschuldig."

„Das sagen sie alle."

„Aber ich habe sie geliebt."

„Das auch", bemerkte Rita lakonisch und legte auf, bevor es zu einer weiteren Diskussion über persönliche Beleidigungen und allgemeine Feststellungen kam.

Was sollte dieser Anruf?

Inszenierte er gern nervige Spielchen?

Aber nicht mit ihr!

Sie hätte ihn lieber heute als morgen von ihrer Liste „Zeugen und Verdächtige“ gestrichen, zumal inzwischen bewiesen war, dass er nicht der Mörder sein konnte. Aber dann hatte Phil die Möglichkeit des Auftragsmords ins Spiel gebracht. Er hatte irgendwo gehört oder gelesen, dass Auftragsmörder ihre Waffe nie am Tatort zurücklassen …

Sie klärte ihn darüber auf, dass Auftragsmörder in der Regel keine Messer benutzten, sondern fast ausschließlich auf Schusswaffen zurückgriffen, weil sie ihren Job möglichst emotionslos zu verrichten trachteten, und dass dies am besten funktionierte, wenn sie auch räumlich Distanz zu ihren Opfern wahrten. Und dass sie meistens versteckt zuschlugen, weshalb sie gern auch Heckenschützen genannt wurden. Trotzdem hinderte sie sein haltloser Einwurf daran, Pott restlos in der Versenkung verschwinden zu lassen und brachte sie jetzt sogar auf den absurden Gedanken, ob Pott mit seinem Anruf womöglich herausfinden wollte, wie weit die Dinge gediehen waren.

Sie seufzte und starrte das Telefon an.

Ganz oben auf ihrer Liste „Zeugen und Verdächtige“ jedenfalls stand, nach den jüngsten Ereignissen, Milan Dobraz, und sie konnte es kaum erwarten, seine Geschichte zu hören.

Mit ungeduldigen Fingern kramte sie in ihrer Jackentasche nach der Visitenkarte mit dem feinsinnigen Aufdruck *Kemal und Boran Öktemer* und tippte die Handynummer ein, um kurzfristig einen Termin mit Elvis wegen des Einbaus eines Navigationsgerätes zu vereinbaren.

17

Eigentlich war Rita mit der Absicht in den Asemwald gekommen, vor ihrem Treffen mit Elvis noch kurz bei Frau Maurer reinzuschauen, die bereits bei ihrer ersten Begegnung den Eindruck bei ihr hinterlassen hatte, dass sie sich sehr für ihre Nachbarn interessierte, dass ihr so gut wie nichts entging, von dem was um sie herum passierte, und dass sie es vor allem nicht für sich behielt. Sie bewohnte die Wohnung direkt unter der von Phil, war sehr von ihm angetan und hatte vielleicht in der Zwischenzeit etwas gehört oder beobachtet, das ihr bei ihren Ermittlungen von Nutzen sein konnte. Doch auf ihr Klingeln hatte sie sich nicht gemeldet.

Was nun?

Der unerwartete Leerlauf in ihrem heutigen Programm erinnerte sie an ihren leeren Magen. Bei Gregor Wolf vorbeizuschauen lohnte sich um diese Uhrzeit nicht. Deshalb entschied sie spontan, das Höhenrestaurant *Hannibal* auf seine Qualität zu testen und dort eine Kleinigkeit zu essen.

Es war früher Nachmittag und das Lokal verwaist bis auf die Frau des Pächters, die gerade damit beschäftigt war, eine Ladung Gläser aus der Geschirrspülmaschine auf Hochglanz zu polieren und über der Theke im Barbereich einzuräumen. Dass es sich bei der Frau um die Ehefrau des Pächters handelte, wusste sie von dem eingerahmten Foto, das im Erdgeschoß im Fenster neben der Speisekarte hing, auf dem sich der Familienbetrieb vorstellte.

Sie war freundlich und zeigte sich geschäftstüchtig, denn obwohl der Mittagstisch eigentlich schon beendet war, war sie gern bereit, Rita noch ein paar Maultaschen in der Pfanne zu schmälzen, und einen Schlag Kartoffelsalat würde sie auch noch auftreiben können.

Rita setzte sich rücklings auf einen Hocker an die Theke und schaute aus den Panoramafenstern.

„Was Sie da draußen sehen sind der Flughafen und die neue Messe. Und bei so schönem Wetter wie heute haben Sie sogar einen freien Blick über die Fildern bis auf die Bergkette der Schwäbischen Alb“, pries die Frau des Pächters die herrliche Aussicht, während sie das in eine Papier-Serviette eingewickelte Besteck vor ihr ablegte.

„Danke für den Hinweis. Ich habe mich gerade gefragt, was das sein könnte.“

Die Frau nickte zufrieden lächelnd und ging in der Küche.

Von ihrem strategisch günstigen Platz aus konnte Rita nun ihren Blick in die Ferne schweifen lassen oder der Frau bei der Zubereitung des Essens zusehen. Als diese kurze Zeit später den Teller mit den zubereiteten Speisen vor ihr auf der Theke abstellte, sprach Rita sie auf Neundorfs Selbstmord an.

Die Frau reagierte verhalten, indem sie ihren Kopf bedächtig hin und her wiegte, aber Rita sah ihr an, dass sie zu diesem Thema schon ganz gern etwas gesagt hätte. Sie müsste nur herausbekommen, wo bei ihr der Knackpunkt war.

„War er ein häufiger Gast?“

„Kommt darauf an, was Sie unter häufig verstehen.“

Das war definitiv der falsche Ansatz. Und damit das Gespräch nicht in ein sinnloses um den heißen Brei herum Gerede ausartete, zeigte Rita ihr ihre Lizenz.

Damit schien sie den Knackpunkt gefunden zu haben, denn wie auf Knopfdruck fiel die Zurückhaltung von der Frau des Pächters ab, und sie rückte vertrauensvoll ein Stückchen näher.

„Um auf Ihre Frage von vorhin zurückzukommen: Ja, er war ein häufiger Gast. Die letzten Wochen vor seinem Tod kam er jeden Abend, sogar am Wochenende.“

Sie machte eine Pause und versuchte von Ritas Gesicht abzulesen, ob sie damit womöglich schon zu viel gesagt hatte.

Rita zeigte sich arglos.

„Man soll ja nicht schlecht über Verstorbene reden, aber ich sage Ihnen, was der Abend für Abend weggekippt hat … Mein lieber Mann! Mehr Gäste wie er, und wir könnten unser eigenes …"

„Was für ein Mensch war er?", unterbrach Rita den Traum der Frau des Pächters, die Frau eines Eigentümers zu werden. „Wurde er laut und unangenehm, wenn er betrunken war?"

„Nein. Nie. Er redete überhaupt nicht viel. Und schon gar nicht, wenn andere Gäste an der Bar saßen. Meistens starrte er in sein Glas oder setzte sich rücklings an die Bar, so wie Sie vorhin, und sah grübelnd aus dem Fenster in die Nacht. Irgendetwas schien ihn andauernd zu beschäftigen. Aber darüber reden tat er nicht. Nur einmal, als wir alleine waren und er noch mehr als gewöhnlich getrunken hatte, beugte er sich über die Theke und behauptete plötzlich, verfolgt zu werden."

Rita spitzte die Ohren.

„Als ich ihn fragte von wem und warum, meinte er, das könne er niemandem erzählen. Man würde ihm doch nicht glauben. Und als ich ihn fragte, warum er dachte, dass ihm niemand glauben würde, sagte er: ‚Es ist einfach zu grotesk.'"

„Zu grotesk?", fragte Rita verwundert.

„Ja. Komisch, nicht?"

Die beiden Frauen sahen sich einen Moment fragend an.

„Ich habe das zuerst für den üblichen Verfolgungswahn von Alkoholikern gehalten. Sie wissen schon, weiße Mäuse und anderes Krabbelgetier … Als er aber kurz danach auf so schreckliche Weise ums Leben gekommen ist, hat mir das, was er mir an diesem Abend anvertraut hat, zu denken gegeben. Vielleicht ist er wirklich von jemandem verfolgt worden, und dieser Verfolger hat ihn in den Tod getrieben. Vielleicht hat er ihn sogar …" Sie beendete den Satz mit einem kleinen undefinierbaren Lächeln.

Ritas Gabel blieb auf halber Strecke zum Teller in der Luft stecken.

„Wollen Sie damit andeuten, dass der Sturz vom Balkon gar kein Selbstmord war?"

„Ich will gar nichts andeuten. Aber komisch ist es schon, finden Sie nicht?"

„Allerdings."

Sie wollte sich schon abwenden, als ihr noch etwas einfiel.

„Er hat an diesem Abend noch etwas gesagt. Und das klang sehr traurig, aber irgendwie auch sehr glaubwürdig. Er meinte, dass ihm in dieser Angelegenheit auch niemand helfen könne."

„Helfen?"

„Ja. Er muss ein sehr einsamer Mensch gewesen sein."

Sie sah an Rita vorbei, und ihr Blick verlor sich irgendwo in der weiten Ferne hinter den Panoramafenstern.

„Manchmal erfinden einsame Menschen aber auch Geschichten", philosophierte sie dann plötzlich weiter und Rita musste unwillkürlich an Dr. Pott denken.

„So, und jetzt will ich Sie aber nicht länger mit meinem Geschwätz aufhalten, sonst wird ihr Essen noch kalt", beendete die Frau des Pächters die Unterhaltung, auf einmal wieder ganz die tüchtige Geschäftsfrau, und verschwand in die Küche.

Rita hätte sie gerne noch gefragt, ob sie Neundorfs Geschichte noch jemand anderem als ihr erzählt habe, aber Gelegenheit dazu würde sich auch noch beim Bezahlen der Rechnung ergeben. Und sie fragte sich, was diese plötzliche Einsamkeitstheorie zu bedeuten hatte, die ihr ein bisschen aufgesetzt erschien.

Wollte sie ihre Aussage damit verwässern? Bedauerte sie am Ende, dass sie Neundorfs qualvolles Geheimnis ausgeplaudert hatte?

Insgesamt gesehen war es aber ein interessantes und aufschlussreiches Gespräch gewesen, demnach Neundorf vor seinem Tod in großer Angst gelebt hatte, von jemandem verfolgt zu werden. Und diese Angst hatte er in einem schwachen Moment ausgerechnet der Frau des Pächters vom *Hannibal* anvertraut. Einer Fremden.

Aber, philosophierte Rita nun ihrerseits in Gedanken weiter, vertraute man dunkle oder kompromittierende Geheimnisse, wenn überhaupt, eigentlich nicht immer vorzugsweise Wildfremden an? Menschen, von denen man annehmen konnte, ihnen nie wieder zu begegnen, anders als Familienangehörigen oder Freunden, denen man oft nicht entfliehen konnte?

Hatte Neundorf bei diesem enthüllenden Gespräch mit der Frau des Pächters bereits an Selbstmord gedacht? Warum war er nicht zur Polizei gegangen? Oder war er tatsächlich vom Balkon gestürzt worden und lungerte sein Mörder womöglich immer noch im Asemwald herum? War er vielleicht auch der Mörder von Nicole? Aber, wenn ja, wo war die Verbindung?

Weil sie auf keine der Fragen eine Antwort hatte, kam sie jetzt erst einmal der Aufforderung der Frau des Pächters nach, das Essen nicht kalt werden zu lassen, und stieß ihre Gabel in die zweite Maultasche, um sie anschließend genüsslich mit dem Messer zu zerteilen. Das einfache Gericht schmeckte vorzüglich.

18

Als Rita zum vereinbarten Termin auf dem Hinterhof von Öktemers Autowerkstatt aufkreuzte, stand das Rolltor einladend offen.

Sie betrat die Halle und entdeckte Dobraz, der gerade dabei war, einen Reifen auf eine extrabreite Alufelge aufzuziehen. Seine Ohren waren HiFi verkabelt, und er war vollkommen in seine Arbeit und in die Musik vertieft. Sie tippte ihm auf die Schulter.

Dobraz schaute hoch, kniff wie ein Kurzsichtiger die Augen zusammen, fixierte kurz ihr Gesicht und sah dann auf seine Armbanduhr.

„Frau Volk?"

„Sie sollten eine Brille tragen."

Er nahm die Stöpsel aus den Ohren.

„Tut mir leid, dass ich Sie im Gegenlicht nicht gleich erkannt habe. Ich kümmere mich sofort um Sie."

Er stand auf, wischte sich die Hände an einem Tuch ab, das in der Gesäßtasche seines blitzsauberen Overalls steckte, versenkte Ohrstöpsel und Walkman in den Hosentaschen und gab ihr die Hand.

„So, jetzt bin ich ganz für Sie da. Wo steht Ihr Auto?"

„Sie könnten mir vielleicht erst mal so ein Navigationsgerät zeigen."

„Klar. Kommen Sie mit. Ich habe schon ein paar Modelle für Sie bereitgelegt."

Er drehte sich um und marschierte voraus.

Wieder kein Anflug von Nervosität. Das Wort Navigationsgerät löste bei ihm nicht mehr Emotionen aus als die Worte Steuerrad oder Kofferraum. Ein wenig enttäuscht darüber schaute sie sich in der Werkstatt um.

„Wo ist eigentlich Ihr Chef?"
„Unterwegs. Er bringt ein fertiges Auto zum Kunden. Teil unseres Services."
Sie lächelte ihm zu.
„Na dann, Milan Dobraz, können wir ja Tacheles reden."
Er trat einen Schritt zurück und starrte sie überrascht an.
War er wirklich andeutungsweise zusammengezuckt, oder hatte sie sich das nur eingebildet?
„Ich verstehe nicht, was Sie meinen."
„Werden Sie gleich."
Sie zeigte ihm ihre Lizenz.
Er warf einen flüchtigen Blick darauf und lachte.
„Ist die echt?"
„Wollen Sie noch mal genauer draufschauen?"
Er winkte dankend ab, und das Lachen war ihm vergangen.
„Sagen Sie jetzt nicht, mein Chef hat Sie beauftragt. Das glaube ich nämlich nicht."
Er hatte sich entweder wieder in der Gewalt oder schien sich wirklich keiner Schuld bewusst zu sein. Vielleicht war er aber auch nur ein guter Schauspieler.
„Was macht Sie so sicher?"
„Ich wüsste nicht, wieso er eine Privatdetektivin auf mich ansetzen sollte."
„Ich schon."
Er schüttelte vehement den Kopf.
„Niemals. Ich bin der beste Freund von Boran gewesen. Wir beide sind zusammen aufgewachsen. Wir sind zusammen in der Nordbronx zur Schule gegangen. In die gleiche Klasse. Boran und ich haben zusammen die Kfz-Lehre in der Werkstatt seines Vaters gemacht und ich später den Kfz-Meister. Wir haben alles zusammen gemacht. Wir waren wie Blutsbrüder."

Er schien wirklich nicht glauben zu können, dass Öktemer ihm das antun würde und überlegte, was er noch sagen könnte, um auch sie davon zu überzeugen.

„Borans Vater war immer wie ein Ersatzvater für mich. Mein eigener Vater starb, als ich fünf war. Inzwischen bin ich so eine Art ... Sohnersatz für ihn geworden. Er würde mich nie verpfeifen."

Er hielt abrupt inne, und Rita sah ihm an, dass er sich den letzten Satz gern verkniffen hätte.

Dass er so schnell kapitulieren würde, hätte sie nicht erwartet, und das Rührende an seiner Geschichte brachte sie auch nur kurz aus dem Konzept. Große und kleine Ganoven hatten immer wieder einmal versucht, sie auf einen Ritt auf der Mitleidswelle mitzunehmen. Aber dagegen war sie schon lange immun.

„Da kann ich Sie beruhigen. Wir wissen zwar beide, wer Sie sind und dass Sie von der Polizei gesucht werden. Aber, er hat Sie nicht verraten und, keine Angst, ich werde es auch nicht tun."

Wieder kniff er wie ein Kurzsichtiger die Augen zusammen und studierte ihr Gesicht.

„Und wegen was werde ich angeblich von der Polizei gesucht?", fragte er. Seine Stimme klang aber schon nicht mehr ganz so unbeschwert.

„Erinnern Sie sich an die Nacht vom siebenundzwanzigsten auf den achtundzwanzigsten Juli?"

Er stöhnte und verdrehte genervt die Augen.

„Sie vielleicht?"

„Dann will ich Ihre Erinnerung mal ein bisschen auffrischen. In dieser Nacht wurde Nicole Fischer in einer der Tiefgaragen vom Asemwald erstochen."

„Und was hat das mit mir zu tun?“

Diesmal schwang ehrliche Empörung in seiner Stimme mit.

„Nichts, wenn Sie für den achtundzwanzigsten Juli zwischen halb drei und drei Uhr morgens ein Alibi haben.“

Er sah sie stumm an, aber hinter seiner Stirn arbeitete es fieberhaft.

„Ich höre.“

„Das ist schon eine Weile her. Lassen Sie mich überlegen.“

„Vom Asemwald haben Sie aber schon einmal gehört, oder?“

„Ich kannte mal jemanden dort.“

„Name?“

„Weiß ich nicht mehr. Es war nur eine flüchtige Bekanntschaft.“

„Mit anderen Worten: Sie haben kein Alibi.“

„Wieso brauche ich überhaupt ein Alibi?“

„Das will ich Ihnen gern sagen. In der gleichen Nacht, in der der Mord geschah, wurden auch drei Autos geknackt und fachmännisch ausgeräumt. Beim vierten wurde der Autoknacker gestört und hat sein Vorhaben vorzeitig abgebrochen. Warum?“

Sie sah ihn fragend an.

Er tippte sich auf die Brust und lachte unsicher.

„Und das wollen Sie jetzt von mir wissen?“

Sie nickte.

Er versuchte angestrengt von ihrem Gesicht abzulesen, wie viel sie wusste. Sie setzte aber ihr Pokerface auf, und er kam nicht weiter. Also versuchte er es noch einmal auf die freche Tour.

„Jetzt muss ich Sie aber mal was fragen.“

„Bitte.“

„Wie kommen Sie ausgerechnet auf mich?“

„Lesen Sie die Zeitung?“

„Ab und zu.“

„Dann gehen Sie in Gedanken mal ein paar Jahre zurück. Da gab es in der *Stuttgarter Zeitung* eine Schlagzeile, an die Sie sich bestimmt erinnern. Es sei denn, Sie interessieren sich gar nicht für persönliche Erfolgsmeldungen."

Er zeigte keine Reaktion.

„Ich zitiere: *Eldorado für Autoknacker.* Der Artikel ging über eine halbe Seite und handelte von einer ziemlich dreisten Einbruchsserie in den Tiefgaragen der Wohnstadt Asemwald. Na, klingelt es jetzt im Oberstübchen?"

Er tat immer noch so, als habe er keine Ahnung, worauf sie hinaus wolle.

„Die neuerlichen Einbrüche tragen dieselbe Handschrift wie damals. Nämlich Ihre."

Er nahm noch einmal die Position des ehrlich Empörten ein.

„Neuerliche Einbrüche? Meine Handschrift? Wer behauptet das? Was sollen diese Anschuldigungen überhaupt? Erst suchen Sie einen Mörder, dann einen Autoknacker. Was wollen Sie mir als Nächstes in die Schuhe schieben?"

„Für Kommissar Wildermuth sind Sie offenbar kein unbeschriebenes Blatt. Und den Mord will ich Ihnen gar nicht in die Schuhe schieben. Ich möchte ein Geschäft mit Ihnen machen."

„Ein Geschäft?", fragte er perplex. „Was für ein Geschäft?"

Er fixierte ihr Gesicht mit zusammengekniffenen Augen und schien auf eine Erleuchtung zu warten, die ihn dann auch kurz danach durchzuckte wie ein Blitz.

„Wollen Sie das Navi etwa nicht bezahlen und umsonst eingebaut haben?"

Rita lachte und Dobraz machte ein Gesicht, als sei er mit seinem Latein nun wirklich restlos am Ende.

„Ganz andere Baustelle. Wenn Sie mir verraten, was Sie in

der Mordnacht in der Tiefgarage beobachtet haben, habe ich Sie in meinem ganzen Leben noch nie gesehen."

Er kniff wieder die Augen zusammen und sah sie abwägend an.

Er sollte wirklich eine Brille tragen.

„Woher weiß ich, dass Sie mich nicht reinlegen?"

„Mein Klient wird verdächtigt, diesen Mord begangen zu haben, und ich bin absolut sicher, dass er es nicht gewesen ist. Ich möchte lediglich seine Unschuld beweisen."

„Sie sind gut!"

„Danke! Also, wie sieht's aus?"

Wohl in der Hoffnung, dass es ihn in irgendeiner Form weiterbringen würde, studierte er noch einmal lange ihr Gesicht.

„Ich hoffe, ich kann Ihnen vertrauen."

„Sie können sich darauf verlassen, dass ich mich an meinen Teil der Abmachung halte. Und jetzt überlegen Sie nicht mehr lange, sondern reden Sie endlich. Versuchen Sie sich gut zu erinnern, berichten Sie alles möglichst genau, lassen Sie nichts weg und erfinden Sie nichts dazu."

Ein weiterer ihrer Standardsätze.

„Also gut", sagte er, und die Unbeschwertheit, die jetzt wieder in seiner Stimme mitschwang, verriet ihr, dass er erleichtert war, seine Beobachtungen in der Mordnacht endlich loszuwerden. Dobraz hatte sicher eine Menge auf dem Kerbholz, aber so abgebrüht war er dann offenbar doch nicht, dass ihn ein derart brutales Verbrechen kalt gelassen hätte.

Er war jetzt bereit, sie einzuweihen. Aber nicht ohne ihr noch einen letzten vorwurfsvollen Blick zuzuwerfen, als würde sie ihm Gott weiß was abverlangen.

19

„Ich hatte gerade das panzersichere Alarmsystem an dem Sechshunderter geknackt, meine Werkzeugkiste auf den Beifahrersitz gewuchtet, mich hinter das Lenkrad geklemmt und den Schraubenschlüssel ein paar Mal angesetzt“, fing er hochtrabend an, „als plötzlich eine dunkle Gestalt in dem Teil der Tiefgarage auftauchte, in dem ich arbeitete. Ich machte die Taschenlampe aus, duckte mich zur Seite und zog vorsichtig die Tür zu. Schließen konnte ich sie nicht, weil das auf mich aufmerksam gemacht hätte. Die normale Innenbeleuchtung war schon ausgeschaltet. Das mache ich immer zuallererst. Bei der Arbeit benutze ich eine starke Taschenlampe, weil die Innenbeleuchtung von der Sicht her nicht besonders viel bringt, und …“

„Ihre Ausführungen sind zwar hoch interessant, aber vielleicht könnten wir zum eigentlichen Thema kommen“, unterbrach sie seinen Vortrag.

„Sie wollten doch, dass ich alles ganz genau berichte“, konterte er beleidigt.

„Das schon, aber die Details wie man am besten ein Auto knackt, können Sie weglassen.“

„Also gut. Aber wenn Sie mich andauernd unterbrechen, kann ich mich nicht richtig konzentrieren.“

Rita deutete ihm stumm an, dass er einfach fortfahren solle.

„Die dunkle Gestalt sah sich kurz nach allen Seiten um, und als die Luft rein war, lief sie schnell und geduckt auf die Reihe Fahrzeuge zu, die direkt gegenüber dem, in dem ich saß, geparkt waren. In der Hand hielt sie einen länglichen Gegenstand, der in eine Plastiktüte eingewickelt war. Und, Sie werden das jetzt vielleicht nicht glauben, aber das Alarmsystem in meinem Kopf fing sofort an zu schrillen.“

„Keine Sorge, ich kann mir das sogar sehr gut vorstellen. Aber reden Sie weiter."

Dobraz freute sich, dass sie diesmal seiner Meinung war und versenkte sich wieder in seine Erinnerungen an die Mordnacht.

„Die dunkle Gestalt sah kurz auf die Nummer des Stellplatzes, wickelte den Gegenstand aus der Plastiktüte, ein großes Messer, und stach dann mit voller Wucht auf den rechten Vorderreifen des dort geparkten Fahrzeugs ein. Danach sah sie kurz auf, vergewisserte sich, dass sie immer noch allein in der Tiefgarage war, und stach dann auch auf den rechten Hinterreifen ein. Dann ging sie um das Auto herum, stach auf den linken Hinterreifen und zuletzt auf den linken Vorderreifen ein. Stach sich dabei regelrecht in Ekstase.

Durch die angelehnte Fahrertür konnte ich die Luft aus den Reifen zischen hören. Ich werde nie verstehen, warum Leute so etwas machen. Das ist so …" Er unterbrach sich selbst, und Rita war froh, nicht wieder eingreifen zu müssen.

„Der dunklen Gestalt schien dieses Geräusch Vergnügen zu bereiten, denn sie stand einen Moment still da und lauschte schwer atmend und schien hochzufrieden mit dem zu sein, was sie angerichtet hatte.

Als sie das Messer gerade wieder in der Plastiktüte verstecken wollte, tauchte plötzlich noch eine Gestalt auf, die schwankend aber in scharfem Tempo auf das Auto mit den zerstochenen Reifen zustöckelte und …"

„Sie reden immer nur von Gestalten. Könnten Sie etwas präziser werden?"

„Sie sollen mich doch nicht immer unterbrechen."

Rita unterdrückte ein ungeduldiges Schnauben.

„Die dunkle Gestalt mit dem Messer versteckte sich hinter dem Wagen, der neben dem mit den kaputten Reifen stand, und beobachtete die ankommende … Frau durch die Seitenscheiben. Die junge Frau stöckelte um ihr Auto herum, öffnete ihre Handtasche und suchte nach dem Autoschlüssel. Sie fand ihn auch, machte dann aber eine ungeschickte Bewegung, und er fiel ihr aus der Hand. Sie sah kurz auf den Boden, dann ging sie in die Knie, um ihn zu suchen.

Die dunkle Gestalt, die hinter dem Auto gekauert hatte, richtete sich plötzlich wieder auf, hob den Arm mit dem Messer und ging dann blitzschnell auf die junge Frau zu, die immer noch auf den Knien lag und auf dem dunklen Boden nach ihrem Autoschlüssel tastete, und stach ihr in den Rücken. Ein lauter Schrei gellte durch die Tiefgarage.

Die getroffene Frau kam schwankend auf die Füße und drehte sich nach dem Angreifer um. Da stürzte sich die dunkle Gestalt regelrecht auf sie und stach so lange auf die Frau ein, bis sie zusammenbrach.

Die dunkle Gestalt schaute noch kurz auf die junge Frau am Boden, dann wickelte sie das Messer in die Plastiktüte und rannte davon. Kurz danach knallte irgendwo eine Tür zu."

„Wenn Sie noch einmal dunkle Gestalt sagen, bringe ich Sie auch um!"

Er legte einen Zeigefinger an seine Lippen.

„Schhh! Im ersten Moment war ich wie gelähmt. Dann schnappte ich meine Taschenlampe, sprang aus dem Mercedes und rannte zu der jungen Frau, die neben ihrem Auto auf dem Boden lag. Ich wollte ihr wohl irgendwie helfen. Aber als ich mich zu ihr hinunterbeugte und ihr ins Gesicht leuchtete, sah ich sofort, dass ich nichts mehr für sie tun konnte. Ihre Augen blickten mich gebrochen an. Einer der vielen Messerstiche muss sie sofort getötet haben.

Mein erster Impuls war, der geflohenen dunklen Gestalt zu

folgen und der zweite, die Polizei zu rufen. Aber das eine wäre sinnlos gewesen, denn der Mörder hatte inzwischen einen viel zu großen Vorsprung, und das andere wäre zu gefährlich für mich gewesen. Wie hätte ich der Polizei erklären sollen, was ich um diese Zeit in der Tiefgarage zu suchen hatte. Was ich überhaupt in dieser Tiefgarage zu suchen hatte. Ich wohne ja nicht im Asemwald. Man hätte mich doch gleich des Mordes verdächtigt. Später hätte man die aufgebrochenen Autos entdeckt, das Diebesgut und meinen Werkzeugkasten ... Ich hätte mich nicht ausweisen können und schon gar nicht wollen. Man hätte mich zur Überprüfung der Personalien mit aufs Revier genommen ... Den Rest können Sie sich wohl selber denken."

Rita nickte ein wenig ungeduldig.

„Je länger ich über meine Situation nachdachte, desto klarer wurde mir, dass ich ganz schnell verschwinden musste, wenn ich nicht wegen etwas, das ich nicht getan hatte, verdächtigt werden oder wegen etwas, das ich getan hatte, in den Knast wandern wollte. Also holte ich mein Werkzeug aus dem Mercedes und machte mich schleunigst vom Acker. Wenn alles gut ginge, würde ich mit einem blauen Auge davonkommen. Ich wusste, dass es nicht lange dauern würde, bis man die Tote finden würde."

Er war mit seinem Bericht zu Ende und sah sie erwartungsvoll an.

„Okay, die Ermordete war eine Frau. Das ist inzwischen allgemein bekannt. War die dunkle Gestalt ein Mann?"

„Das kann ich Ihnen leider nicht genau sagen. Sie trug einen Jogging-Anzug und hatte die Kapuze über den Kopf gezogen."

„Konnten Sie das Gesicht unter der Kapuze denn nicht sehen?"

Er nickte.

„Ja … Schon … Aber es würde Ihnen nicht viel nützen."

„Das zu entscheiden, können Sie getrost mir überlassen."

„Wie Sie meinen. Ich kann Gesichter nicht wiedererkennen."

„Wie bitte?"

„Ich kann Gesichter nicht wiedererkennen."

„Das sagten Sie bereits."

„Ich kann es nur wiederholen."

„Sie machen Witze!"

Er schüttelte den Kopf.

„Ich bin gesichtsblind."

Rita traute ihren Ohren nicht.

„Gesichtsblind?", schnaubte sie. „Was soll das denn heißen?"

„Das heißt, wie ich schon sagte, dass ich Gesichter nicht wiedererkennen kann."

Die Komik der Situation wurde ihm plötzlich bewusst, und er fing an zu grinsen. Rita registrierte es wütend. Aber bevor sie explodieren konnte, fand er es wohl auch unangebracht, machte wieder ein ernstes Gesicht und beeilte sich, die Erklärung schnell nachzuliefern.

„Es tut mir leid. Es tut mir wirklich leid. Aber ich kann Gesichter einfach nicht wiedererkennen. Ich bin gesichtsblind. Es ist angeboren. Sie können das gerne nachprüfen."

„Worauf Sie sich verlassen können!"

Sie hatte im Laufe der Jahre bei Befragungen ja schon viele findige Ausreden gehört. Aber Gesichtsblindheit? Gab es so etwas überhaupt? Hatte er sie womöglich deshalb bei der Begrüßung nicht gleich wiedererkannt und sie auch später immer wieder wie ein Kurzsichtiger angestarrt?

„Sie können mir glauben. Beim nächsten Treffen würde ich ihr Gesicht auch nicht wiedererkennen. Öktemer macht es wahnsinnig, dass ich sein Gesicht nicht wiedererkenne."

„Sie wissen nicht, wie Öktemer aussieht?“

„Ich weiß nicht, wie irgendjemand aussieht.“

Rita war kurz davor, aus der Haut zu fahren, als ihr noch eine Frage einfiel, die ihn eventuell der Lüge überführen könnte.

„Woher wussten Sie dann, dass die Ermordete eine Frau war?“

„Das habe ich sofort an dem Geräusch ihrer Stöckelschuhe erkannt, sie haben durch die ganze Tiefgarage gehallt, und an ihrem Schrei, und natürlich ...“

„Und die dunkle Gestalt trug vermutlich Schuhe mit Kreppsohlen!“

„Es waren Turnschuhe. Aber es geht um das Gesicht. Nur um das Gesicht“, versuchte er einzulenken.

Sie griff sich an den Kopf.

„Gesichtsblind! Dass ich nicht lache. So einfach kommen Sie mir nicht davon. Finden Sie es nicht selber merkwürdig, dass sie mir ausgerechnet den Mörder nicht beschreiben können? Ich glaube eher, dass sie es nicht wollen. Eine dunkle Gestalt! Ihre dunkle Gestalt ist eine Witzfigur.“

„Ich habe Ihnen wirklich alles gesagt, was ich beobachtet habe“, verteidigte er sich. „Und jetzt müssen Sie auch Wort halten.“

Sie warf ihm einen finsteren Blick zu.

„Daran brauchen Sie mich nicht zu erinnern. Aber erst werde ich das mit Ihrer Gesichtsblindheit überprüfen, sonst sitze ich Ihnen wieder im Nacken.“

„Sie werden schon sehen, dass es stimmt“, sagte er, und es gefiel ihr gar nicht, dass er sich dessen so gewiss zu sein schien.

Es war ein mieses Gefühl, bei voller Fahrt in einer Sackgasse gestrandet zu sein. Die unerwartete Chance, Phils Unschuld zu beweisen, hatte sich als Windei entpuppt, und sie musste die

Enttäuschung und aufkommende Verärgerung darüber niederkämpfen. Gesichtsblind!

Sie nahm ihr Gegenüber noch einmal gründlich ins Visier, fand jedoch keinerlei Anzeichen von Nervosität. Im Gegenteil, wie seine nächste Frage bewies.

„Was ist eigentlich mit dem Navi? Wollen Sie sich jetzt eins aussuchen?"

„Das Navi war nur ein Vorwand, mit Ihnen ins Gespräch zu kommen."

„Ganz schön raffiniert", sagte er mit ein bisschen zu viel Bewunderung in der Stimme und im Blick.

„Und Sie tragen ganz schön dick auf. Was haben Sie eigentlich mit den geklauten Gegenständen gemacht? Haben Sie die in der Werkstatt verarbeitet oder bei *eBay* versteigert?"

Er grinste breit.

„Teils, teils."

„Noch eine Frage, Elvis: Auf dem Polizeifoto, das damals anlässlich der großen Einbruchserie von Ihnen gemacht wurde, haben sie kurze, weißblonde Haare. Welche Farbe ist echt?"

„Die jetzt."

„Letzte Frage: Hat Öktemer Sie gleich nach Ihrer Flucht bei sich aufgenommen oder haben Sie davor eine Zeitlang auf Mallorca Station gemacht?"

Er lachte und schlug sich auf die Schenkel. Die letzte Frage schien ihn ganz besonders zu amüsieren.

„Sie dürfen nicht alles glauben, was man Ihnen über mich erzählt."

Rita betrachtete den jungen Mann vor sich, der schon wieder ganz oben auf war. Ein lang gesuchter Autoknacker und Serientäter, der sympathisch rüberkam und angeblich zu den besten Automechanikern der Region gehörte.

Was um alles in der Welt hatte ihn veranlasst, rückfällig zu werden? War er doch in der Zwischenzeit, wie Wildermuth es auf den Punkt gebracht hätte, mit seiner eigenen Hände Arbeit anständig geworden und hatte sein Leben wieder in den Griff gekriegt.

Ob Kemal Ökremer von den jüngsten Eskapaden seines Ersatzsohnes wusste?

20

Kleo verließ das traditionelle Firmen-Sommerfest wie immer als eine der Ersten, weil die Stimmung nach ein paar Stunden des feuchtfröhlichen Grillens immer unberechenbarer geworden war, und sie sich unter so vielen Menschen sowieso nicht besonders wohl fühlte. Sie mochte Firmenfeten nicht und schon gar keine Grillfeste. Das offene Feuer, die gierigen Flammen, der beißende Rauch und der Gestank nach verbranntem Fleisch waren ihr ein Gräuel.

Sie hatte sich auch in den Jahren ihrer Firmenzugehörigkeit mit niemandem näher bekannt gemacht oder gar befreundet, mit dem sie sich hätte zusammensetzen können, um dann über irgendwelche Themen bis in die späten Abendstunden zu reden, die sie mit ziemlicher Sicherheit nicht besonders interessiert hätten. Meistens wurde bei solchen Anlässen sowieso nur über den Job und die Firma geredet, und es gab immer ein paar Kollegen und sogar Chefs, die ziemlich zudringlich werden konnten, sobald sie zu viel Alkohol intus hatten. Auch einige der Frauen tranken regelmäßig mehr als sie vertrugen und gingen ihr dann mit ihrem hysterischen Gelächter und dummen Geschwätz auf die Nerven.

Bevor sie den Überblick verlor und das Würgen in ihrem Hals nicht mehr kontrollieren konnte, hatte sie sich von der Dachterrasse ins Treppenhaus gerettet und von dort auf die Straße und an die frische Luft, wo es ihr gleich wieder besser ging. Sie atmete noch ein paar Mal tief durch, bevor sie zu ihrem Auto ging.

Allerdings hatte sie nicht vor, gleich nach Hause zu fahren, sondern sie wollte noch einen Abstecher in die *Pianobar* mit der glitzernden runden Tanzfläche machen, auf der die Schlampe nie wieder eng umschlungen mit ihrem Mann zu ihrem Song tanzen würde. Sie tat einen tiefen Atemzug. Bald würde er sich dort mit ihr zu den langsamen Balladen drehen, und bald würden sie sich dabei tief in die Augen sehen und sich abwechselnd aufregende Dinge ins Ohr flüstern.

Diese Vorstellung beflügelte sie dermaßen, dass sie den Gashebel automatisch ein bisschen kräftiger durchdrückte. Autofahren war eine ihrer Leidenschaften, und am liebsten fuhr sie nachts. Da hatte sie das Gefühl, die Straße gehöre ihr. Eigentlich machte sie alles lieber in der Nacht. Die Dunkelheit hatte von jeher eine geheimnisvolle Macht auf sie ausgeübt – sie verlieh ihr Sicherheit und Selbstbewusstsein. Nachts war sie ein anderer Mensch.

Um ihren Triumph über die Schlampe immer wieder aufs Neue auskosten zu können, war sie schon ein paar Mal in den Club zurückgekommen. Der Ort zog sie magisch an. Und am liebsten kam sie unter der Woche, da war es nicht so voll. Vor allem aber gab es keinen Pianisten, der unentwegt auf seinem Instrument herumklimperte und sich mit seinen abgelutschten Evergreens wichtig machte. An den Wochentagen kam die Musik ohne Unterbrechung vom Band.

Der Anblick der leeren Tanzfläche löste auch heute wieder ein so irres Gefühl in ihr aus, dass sie sich am liebsten betrunken hätte. Aber ausgerechnet der Barmann, dessen eigentliches Interesse ja dem Umsatz gelten sollte, hinderte sie daran. Irgendwie hatte sie den Eindruck, dass er sie beobachtete, und das war ihr unangenehm. Trotzdem blieb sie noch so lange an der Theke sitzen, bis das Band bei Madonnas Titel *Crazy for you* angelangt war und sang die drei Worte jedes Mal leise mit.

Anschließend fuhr sie gut gelaunt nach Hause und ließ sich den Rest des Abends weiter von ihrer Lieblings-Ballade berieseln. Spielte sie immer und immer wieder ab, bis sie nicht mehr unterscheiden konnte, wovon sie mehr berauscht war – von Madonna, dem Glas Wein auf der Grillparty oder dem Drink in der *Pianobar.*

Sie hätte auch nicht sagen können, was sie mehr an dieser Ballade mochte, den Text oder die Melodie. Für sie entsprach beides haargenau dem, was sie dachte und fühlte, wenn sie verliebt war.

Touch me once and you'll know it's true
I never wanted anyone like this
It's all brand new, you'll feel it in my kiss
I'm crazy for you
Crazy for you …

sang die Gebenedeite.

Madonna war ihre Lieblingssängerin. Sie besaß jede Scheibe von ihr, hatte ihren kometenhaften Aufstieg von Anfang an verfolgt und fand ihre Art sich zu präsentieren einfach phänomenal. Endlich einmal eine sexy Frau, die wusste, was sie wollte und wie sie es bekam. Und eine starke Frau, die nicht lange wartete, bis ein Mann auf sie aufmerksam wurde, sondern die sich die Männer nahm, die ihr gefielen.

Das imponierte ihr.

So wollte sie auch sein.

Crazy for you tönte es bis ins Badezimmer, und sie sang den Refrain mit, während sie nach dem Old Spice auf der Ablage griff, die Innenseite ihrer Handgelenke und ihrer Hände damit besprühte, den Duft verrieb und anschließend ihr Gesicht in ihre Hände tauchte.

So roch er also.

Eine Weile verharrte sie in dieser Pose und atmete mit verklärtem Gesichtsausdruck solange seinen Duft ein, bis ihr der Kopf schwirrte. Dann knipste sie das Licht im Badezimmer aus und ging summend über den Flur ins Schlafzimmer.

Trying hard to control my heart
I walk over to where you are
Eye to eye we need no words at all …

sang die Unvergleichliche.

Kleo schloss die Augen, umschlang ihren nackten Körper mit beiden Armen und drehte sich langsam zu der Ballade. Drehte sich und drehte sich immer wieder um die eigene Achse, bis sie das Gefühl hatte, dass die Erde stillstand. Dann taumelte sie mit ausgebreiteten Armen aufs Bett, wo sie auf dem Rücken liegen blieb und benommen die Fotos an den Wänden betrachtete, die sie umkreisten.

Kurz vor dem Hinübergleiten in den Schlaf streifte sie sich das Männerhemd über, schmiegte sich wohlig in die Kissen und tauchte ihr Gesicht wieder tief in beide Hände.

So roch er also, ihr Mann.

21

Rita saß noch im Büro, obwohl es bereits kurz nach Mitternacht war, und genoss die kühle Luft, die zur offenen Fluchttür hereinwehte. Der Ausschnitt Himmel, den sie von ihrem Bürostuhl aus durch das Dachfenster sah, war dunkel und sternenklar. Ab und zu zuckte ein Stern auf und fiel mit leuchtendem Schweif zur Erde. Es war August und Sternschnuppenzeit, und im Häuserschacht unter der Feuertreppe schrien und balgten sich ein paar verliebte Kater.

An manchen Sommertagen staute sich die Hitze unter dem Dach dermaßen, dass sie es tagsüber kaum in ihrem Büro aushielt und ihre Arbeitszeit deshalb auf die frühen Morgenstunden verlegen musste oder manchmal eben auch bis in die Nacht.

Für heute hatte sie sich vorgenommen, ein paar unliebsame Schreibtischtätigkeiten zu erledigen, die sie schon seit Wochen vor sich her schob. Damit war sie jetzt fertig. Aber bevor sie zusammenpackte, wollte sie noch Elvis' Gesichtsblindheit auf den Grund gehen und klappte entschlossen den Laptop auf, ging ins Internet und gab den Suchbegriff ein.

Lauter fremde Gesichter …

Für die gute alte *Google* Suchmaschine war Gesichtsblindheit keine unbekannte Größe. Sie spuckte unter dem gleichnamigen Stichwort gleich seitenweise umfangreiches Wissen aus, was Rita zuerst frappierte, dann faszinierte und zuletzt frustrierte.

Bei der Informationsflut und den schätzungsweise ein bis zwei Prozent der Bevölkerung, die angeblich unter der angeborenen Form der Gesichtsblindheit litten, fiel es ihr schwer zu glauben, dass ein so gravierendes Handicap so wenig bekannt war.

Erste Berichte über Gesichtsblindheit stammten zwar angeblich schon aus der Antike, doch als Wegbereiter für die

Erforschung der Störung gilt der deutsche Neurologe Joachim Bodamer. Er beschrieb 1947 erstmals die Symptome von drei Patienten und nannte das Phänomen Prosopagnosie. Der medizinische Fachausdruck Prosopagnosie setzt sich aus den beiden griechischen Worten Prosopon, das Gesicht und Agnosia, das Nichterkennen zusammen und bezeichnet die Unfähigkeit, sich Gesichter zu merken. Allgemein bekannt wurde die Gesichtsblindheit allerdings erst durch den Bestseller des Wissenschaftlers und Autors Oliver Sacks: *Der Mann, der seine Frau mit einem Hut verwechselte.*

Wer unter Gesichtsblindheit leidet, erkennt andere Menschen nicht an ihrem Gesicht. Er kann Gesichter wohl sehen, sie aber nicht mit einer bestimmten Person verbinden.

Es gibt zwei Formen der Gesichtsblindheit, und zwar die erworbene und die angeborene. Die erworbene kann zum Beispiel nach einer schweren Schädelverletzung, einem Kreislaufstillstand oder einem Schlaganfall auftreten. Bei der angeborenen Gesichtsblindheit können sich die Betroffenen von Geburt an keine Gesichter merken. Schon als kleines Kind erkennen sie ihre Eltern nicht am Gesicht, sondern an der Stimme, der Figur, der Art, sich zu bewegen, oder an der Kleidung. Für sie ist das Gesicht kein besonderes Merkmal einer Person. Im späteren Leben fallen sie kaum auf. Ihre Umgebung bemerkt lediglich, dass sie auf der Straße oder im Supermarkt Familienmitglieder, Verwandte, Freunde, Arbeitskollegen, Bekannte oder Nachbarn nicht grüßen.

Während die erworbene Form schon lange bekannt ist, galt die angeborene Form noch bis vor wenigen Jahren als äußerst selten. Erst die aktuelle Forschung hat gezeigt, dass die angeborene Gesichtsblindheit sehr viel häufiger auftritt als die erworbene Form, aber zugleich weniger auffällt.

Eine Therapie gegen die Gesichtsblindheit gibt es nicht, doch die Betroffenen können Methoden entwickeln, mit der Störung zu leben.

Schwere Fälle von Gesichtsblinden können Einzelmerkmale wie Nase, Mund oder Augen nicht zu einem Gesamtbild zusammensetzen und haben Mühe, Gesichter hinsichtlich Alter und Geschlecht zu unterscheiden. In besonders schweren Fällen können Betroffene nicht einmal ein Gesicht als solches erkennen …

Na wunderbar!

Rita starrte auf die Internetseite und wusste nicht, ob sie lachen oder weinen sollte. Ihre einzige wirklich heiße Spur war mit jeder gelesenen Seite kälter geworden. Wieso musste ausgerechnet ihr so etwas passieren?

Phils perfekter Entlastungszeuge behauptete, von Geburt an gesichtsblind zu sein. Und, wie sie jetzt wusste, gab es dieses Handicap tatsächlich, und anscheinend war es gar nicht einmal so selten.

Aber ob Dobraz nun wirklich ein Gesichtsblinder war oder es nur für schlauer hielt, sich ihr gegenüber als einer von ihnen auszugeben, darüber würde sie morgen weiter nachdenken. Heute war sie nur noch müde und sehnte sich nach ihrem Bett.

22

„Gesichtsblindheit. Ich wusste gar nicht, dass es so etwas überhaupt gibt."

„Da bist du nicht der Einzige."

Phil stellte kopfschüttelnd sein Weinglas auf den Tisch zurück und fixierte sie einen Moment mit misstrauisch zusammengekniffenen Augen. Er schien immer noch nicht ganz sicher zu sein, ob sie sich nur über ihn lustig machte oder ob es stimmte, was sie ihm eben erzählt hatte. Als sie ihm aber kein „Reingelegt!" signalisierte, ließ er seinem Frust freien Lauf.

„Scheiße! Scheiße! Verdammte Scheiße! Der einzige Augenzeuge gesichtsblind! Wenn es nicht so verdammt ärgerlich für mich wäre, wäre das der beste Witz, den ich seit langem gehört habe."

Rita kommentierte seinen Ausbruch mit einem unzufriedenen: „Tja. Es wäre auch zu schön gewesen. Allerdings ist die Aufklärungsrate durch Augenzeugen bei Mordfällen ohnehin verschwindend gering."

Phil gab ihr durch einen unmissverständlichen Blick zu verstehen, dass ihn das nicht tröstete.

Es war nicht schwer gewesen, ihn zur Entlastung seines schlechten Gewissens ins *Amador* zu schleppen. Er war leicht für etwas Neues zu begeistern, und beide hatten etwas fürs Essengehen übrig. Er mehr aus Spaß am Ausgehen, sie mehr aus Spaß am Essen. Und nun saßen sie sich schlecht gelaunt an einem schön gedeckten Tisch gegenüber, anstatt sich staunend Gang um Gang die winzigen und hübsch dekorierten Köstlichkeiten der experimentierfreudigen Molekular-Küche angedeihen zu lassen.

In der Küche des *Amador* wurde mit Wasser frittiert, mit flüssigem Stickstoff gebacken und am Herd die Physik auf den Kopf gestellt. Juan Amador, Sohn spanischer Gastarbeiter, geboren im schwäbischen Strümpfelbach, war ein Starkoch ohne Allüren und hatte gerade den dritten Michelin Stern für sein Restaurant erworben.

„Gesichtsblindheit! Ich wusste gar nicht, dass es so etwas überhaupt gibt."

„Das sagtest du bereits."

„Was macht so einer, wenn er ins Kino, ins Theater oder in die Oper gehen möchte?"

„Also, ich glaube kaum, dass Dobraz ein Theater- geschweige denn Operngänger ist. Er ist, nebenbei gesagt, auch bestimmt nicht der Typ fürs klassische Konzert."

Phil zog die Augenbrauen hoch und sah sie missbilligend an.

„Darum geht es nicht. Er kann ohne fremde Hilfe auch keinen Film im Fernsehen verfolgen. Er bräuchte einen Souffleur, der ihm jedes Mal aufs Neue erklärt, welcher Akteur nun gerade wieder die Szene betreten hat. Er ist ein armes Schwein."

Einen Moment sahen sie sich stumm und unzufrieden an.

„Er hat nichts an den Ohren. Im Fernsehen könnte er sich die Version für Blinde anschauen", eröffnete Rita das Gespräch aufs Neue.

„Toll!"

„Also, wenn du mich fragst, vielleicht wäre es um den einen oder anderen guten Kinofilm schade, den er sich nicht ansehen kann. Aber was das Fernsehprogramm angeht ... Bliebe zur Not noch Lesen."

„Du wirst weitschweifig. Darum geht es doch überhaupt nicht."

„Das weiß ich auch. Ich bin sauer. Alles was Dobraz mir angeboten hat, ist eine dubiose dunkle Gestalt, mit der ich rein gar nichts anfangen kann. Er konnte sich nicht einmal darauf festlegen, ob es sich bei dieser dunklen Gestalt um einen Mann oder eine Frau gehandelt hat."

„Vielleicht wollte er sich gar nicht festlegen. Hast du eigentlich schon überprüft, ob das mit seiner Gesichtsblindheit überhaupt stimmt? Vielleicht hat er dich reingelegt. Mich hat er jedenfalls ohne Schwierigkeiten jedes Mal sofort wiedererkannt."

Rita lehnte sich in ihrem Stuhl zurück und studierte sein Gesicht.

„Deine Augenbrauen sind über der Nasenwurzel zusammengewachsen wie bei Frida Kahlo. Daran hat er dich wiedererkannt. Gesichtsblinde merken sich solche Details in einem Gesicht. Es ist ihr einziger Anhaltspunkt."

„Ach, wirklich? Und woher willst du das so genau wissen?"

„Rate mal."

Er sah sie verdutzt an.

„Jetzt mal eine ganz andere Frage. Hat Nicole eigentlich je mit dir über ihren Ex gesprochen?"

„Direkt gesprochen nicht."

„Sondern?"

„Ach ... Ich war ein paar Mal dabei, als er versucht hat, sie auf dem Handy zu erreichen. Aber nach einem kurzen Blick aufs Display hat sie nur frustriert die Augen verdreht und seinen Anruf weggedrückt. Er scheint ein schlechter Verlierer zu sein. Manchmal hat er sogar nachts oder in den frühen Morgenstunden angerufen, wenn wir beide schon eingeschlafen waren."

„Kontrolle ...", murmelte Rita. „Haben seine Anrufe irgendwann aufgehört?"

„Ich glaube nicht. Kurz vor ihrem Tod hat sie nämlich noch zu mir gesagt, dass sie zutiefst bedauere, sich je mit ihm eingelassen zu haben. Dass sie sich nichts sehnlicher wünsche, als dass er aus ihrem Leben verschwände, und dass er ihr entsetzlich auf die Nerven ginge."

„Hat Pott, nachdem Nicole ihn verlassen hatte, sich irgendwann einmal wieder im Asemwald oder in der näheren Umgebung blicken lassen?"

„Nicht dass ich wüsste."

„Hat sie sich einmal dahingehend geäußert, dass sie sich von ihm verfolgt fühlt oder gar, dass er sie verfolgt ... jetzt mal abgesehen von dem Telefonterror? Oder hat sie vielleicht einmal davon gesprochen, dass sie von einem Unbekannten verfolgt wird?"

„Von einem Unbekannten?", fragte er gedehnt und sah sie überrascht an.

„Ja."

„Nein. Ich kann mich nicht erinnern, dass sie so etwas erwähnt hat."

Der Kellner trug ihre leer gegessenen Teller ab und erschien kurz danach wieder, um den nächsten spannenden Gang aufzutischen.

Phil betrachtete skeptisch die winzige Dekoration auf seinem Teller.

„Ist das jetzt das Virtuelle Sushi?", fragte er.

„Ja."

„Und was ist das genau?"

„Lolli mit Fischaroma."

„Pfui Deivel!"

23

Es war der fünfte Samstag nach dem Mord an Nicole und Phil war seit zwei Tagen auf Hawaii.

Sie hatte immer noch keine Gelegenheit gehabt, Dobraz wegen seiner Gesichtsblindheit auf die Probe zu stellen. Sie hatte ihn zwar ein paar Mal vor der Tuningwerkstatt abgepasst und war ihm ins Nordbahnhof Viertel gefolgt. Er war aber nach der Arbeit immer gleich allein oder mit seinem Chef zusammen nach Hause marschiert und in Öktemers kleinem Backsteinhaus verschwunden, was ihr, außer einer Menge Lauferei, nichts eingebracht hatte. Danach hatte er das Haus nicht mehr verlassen, es sei denn, es gab einen Hinterausgang, der ihr bislang verborgen geblieben war. Vielleicht traute er sich auch erst weit nach Mitternacht wieder vor die Tür, was ihr entgangen wäre, denn hin und wieder brauchte sie auch ein bisschen Schlaf.

Ihre Liste „Zeugen und Verdächtige" war inzwischen zusammengestrichen bis auf einen Namen: Gregor Wolf. Er war der letzte Kandidat, dem sie mit einigermaßen plausiblen Argumenten auf den Leib rücken konnte. Schließlich war er derjenige, der Nicole gefunden und den Stein ins Rollen gebracht hatte. Und insgeheim hoffte sie sogar, ein paar Dinge von ihm zu erfahren, die Horlacher mit seiner unschlagbaren Verhörmethode gleich am Morgen nach der Tat aus ihm herausgekitzelt hatte.

Es war kurz nach zehn Uhr, als sie vor der Tür zu Wolfs Apartment stand. Spät genug, um dem berufstätigen Mann eine faire Chance gegeben zu haben, sie ausgeschlafen begrüßen zu können. Und früh genug, dass er nicht schon wieder unterwegs war, um all das zu erledigen, wozu er unter der Woche nicht kam. Es war bereits ihr fünfter Anlauf und weit mehr als zähe

Beharrlichkeit. Inzwischen war es die nackte Verzweiflung, die sie immer wieder vor seine Wohnungstür trieb und hoffnungsvoll auf die Klingel drücken ließ.

Vielleicht war Wolf ja wirklich nur ein extrem aushäusiger Typ. Zwischendurch hatte sie aber schon ein paar Mal daran gezweifelt, diesen Mann jemals in seinen eigenen vier Wänden anzutreffen. Bei diesen Gedanken ging unerwartet die Tür auf, und sie zuckte zusammen, als hätte jemand eine aufgeblasene Tüte direkt an ihrem Ohr zerplatzen lassen.

Wolf, ein großer, leicht übergewichtiger Mann mit vitalem kurzem Haarschopf und glatt rasiertem Gesicht, lächelte sie freundlich an und hielt einem Teddybär in der Hand, der genauso furchtbar aussah wie jene, von denen der Mann mit der großen Hornbrille gesprochen hatte. Er trug einen grauen Jogginganzug und rote Sportschuhe, und es sah so aus, als habe er gerade vorgehabt, seinem inneren Schweinehund eine Lektion in punkto Bewegung zu erteilen, mit einem Abstecher zu den Mülltonnen. Eine zugebundene Mülltüte stand neben der Tür bereit.

„Warum tun Sie das?“, entfuhr es ihr.

Er sah sie überrascht an.

„Wie bitte?“

„Warum zerstören Sie Kinderspielzeug?“

Er betrachtete den lädierten Teddy in seiner Hand und fing an zu lachen.

„Das verrate ich Ihnen erst, wenn Sie mir sagen, wer Sie sind, und was Sie von mir wollen?“

„Ich heiße Rita Volk und bin Privatdetektivin“, sagte sie und hielt ihm ihre Lizenz unter die Nase.

Er betrachtete sie belustigt.

„Vielleicht sollten Sie wissen, dass Sie im Haus als Teddybärenschänder, wenn nicht gar Schlimmeres, verschrien sind?"

„Das ist nicht Ihr Ernst", sagte er und lachte wieder. Die Situation schien ihn köstlich zu amüsieren.

„Jemand im Haus hat sie beim Wegwerfen der zerstörten Teddys beobachtet und sich ein paar erstaunliche Gedanken gemacht."

Daraufhin lachte er noch mehr, was sie langsam richtig zu irritieren begann. Es fehlte bloß noch, dass er sich wie Elvis auf die Schenkel geklopft hätte.

„Also wissen Sie, so komisch ist das nun auch wieder nicht", bemerkte sie ein bisschen verärgert, weil er sie durch sein unbekümmertes Gelächter immer mehr wie eine halsstarrige Kleinlichkeitskrämerin aussehen ließ.

Er bemühte sich, ein halbwegs ernstes Gesicht zu machen, doch seine Mundwinkel zuckten verräterisch weiter.

„Hat dieser geheimnisvolle Jemand Sie geschickt? Ist das etwa der Grund ihres Besuches?"

Sie hätte ihn gern mit einem vernichtenden Blick für diese Bemerkung gestraft, erinnerte sich aber rechtzeitig daran, dass sie ja etwas von ihm wollte.

„Ich komme in eigenem Auftrag. Ihr Nachbar, Philipp Boormann, dessen Freundin Sie ermordet auf seinem Parkplatz in der Tiefgarage gefunden haben, ist mein Klient. Wie Sie vielleicht wissen, steht er unter Mordverdacht, und ich möchte Sie bitten, mir alles zu erzählen, was Sie im Zusammenhang mit dieser Geschichte wissen oder ob Ihnen sonst vielleicht irgendetwas bekannt ist, das ihn entlasten könnte."

Endlich machte er ein ernstes Gesicht. „Kommen Sie herein."

Er legte den Teddy auf die Mülltüte und wies ihr den Weg in sein Wohnzimmer, das mit futuristisch anmutenden Möbeln von männlich nüchternem Design ausgestattet war. Bei den Farben dominierte ein kräftiges kühles Blau, die Farbe des Verstandes. Rita tippte auf eine Junggesellenwohnung.

„Setzen wir uns doch."

Rita nahm auf einem schlichten Z-förmigen Ledersitz Platz, der vor einem niedrigen rechteckigen Glastisch gegenüber einem zum Fang bereiten, ledernen Baseballhandschuh in Couchgröße stand. Zwei Hochstühle mit flachem Lederpolster und angedeuteter Lehne standen wie ein Zwillingspaar einträchtig nebeneinander vor dem Tresen seiner Heim-Bar, die mit einer beachtlichen Anzahl von Spirituosen aufwartete.

Wolf setzte sich auf den Baseballhandschuh und stützte seine rechte Hand in dem Zwischenraum von Daumen und den leicht gekrümmten Fingern ab. Mit der linken Hand holte er gestikulierend aus.

„Die Teddys, die Sie meinen, gehörten den Kindern einer befreundeten Familie. Die Kinder haben sie geschenkt bekommen, und weil sie kein Gütesiegel trugen, haben ihre Eltern mich gebeten, sie einer gründlichen Qualitätsprüfung zu unterziehen."

Rita sah ihn verständnislos an.

„Sie wissen doch, wie das ist. Als Arzt müssen Sie sich auch bei privaten Treffen die Wehwehchen ihrer Freunde und Bekannten anhören und anschließend diagnostizieren. Und als Rechtsanwalt oder Steuerberater werden Sie regelmäßig mit Fragen nach dem neuesten Scheidungs- oder Erbrecht bombardiert oder nach gängigen Steuertricks ausgehorcht. Ich bin Qualitätsprüfer und Produkttester beim Spielzeug-TÜV."

Er deutete auf den Teddy, den er auf die Mülltüte neben der Tür gelegt hatte.

„Der da ist der letzte Prüfling. Ebenfalls durchgefallen. Haben Sie Kinder?"

Rita schüttelte den Kopf.

„Dann interessieren Sie sich vermutlich nicht besonders für Kinderspielzeug und wissen natürlich auch nicht, dass inzwischen zwei Drittel aller in Deutschland verkauften Artikel aus Asien stammen … aus China, Indien, Vietnam, Bangladesh … Mit zum Teil verheerenden Qualitätsstandards."

„Ganz so ist es nicht", rechtfertigte sich Rita. „Gerade in letzter Zeit konnte man eine Menge über Rückrufaktionen von Spielzeug aus Asien und über TÜV-Experten in der Zeitung lesen."

„Bravo! Und genau so ein TÜV-Experte sitzt vor Ihnen. Unser Job ist es, Produkttests an Kinderspielzeug nach den hiesigen strengen Bestimmungen durchzuführen. Und das heißt: Es muss schadstofffrei, antiallergisch, darf nur schwer entflammbar und nicht leicht zu verschlucken sein, um nur einige der wichtigsten Kriterien zu nennen."

Rita nickte überwältigt.

„Und nicht mehr und nicht weniger habe ich für meine Freunde getan. Ich habe Ihnen das Resultat gezeigt, Ihnen eine andere Marke empfohlen und Ihnen angeboten, die getesteten Teddys auch zu entsorgen, damit die Kinder das nicht mitkriegen."

Er machte eine Pause und lächelte sie verschmitzt an. „Reicht das als Erklärung, um mich von allen mutmaßlichen Schandtaten reinzuwaschen?"

„Wenn ich Ihnen einen gut gemeinten Rat geben darf, dann packen Sie Ihren letzten Prüfling vor dem Wegwerfen lieber ein. Ihre Mitbewohner sind nämlich schon von dem einen auf das andere gekommen und könnten womöglich die falschen Schlüsse ziehen. Etwa nach dem Motto: Wer lügt, der stiehlt, und der frisst auch kleine Kinder … Wobei ich bei dem Thema wäre, weshalb ich eigentlich hier bin."

Er fing sofort wieder an zu lachen.

„Sie wollen doch nicht ernsthaft behaupten, dass ich verdächtigt werde, die Frau in der Tiefgarage getötet zu haben, nur weil jemand aus dem Haus mich dabei beobachtet hat, wie ich zwei kaputte Teddybären weggeworfen habe. Ich habe die Tote lediglich gefunden und die Polizei verständigt. Das hätte ich ganz bestimmt nicht getan, wenn ich der Täter wäre."

„Natürlich nicht. Aber mich würde interessieren, ob Sie die Tote vorher schon einmal irgendwo im Asemwald gesehen haben. Allein, zusammen mit Ihrem Nachbarn oder mit jemand anderem?"

Er schüttelte den Kopf.

„Ich habe die Tote noch nie vorher gesehen. Und Herrn Boormann habe ich bis jetzt nur ein einziges Mal allein in der Tiefgarage angetroffen. Wir haben unsere Stellplätze nebeneinander und haben festgestellt, dass wir auch Wohnungsnachbarn sind. Seine Wohnung stand ja lange Zeit leer ... Eine üble Geschichte. Ich weiß nicht, ob Ihnen bekannt ist, was sein bedauernswerter Vormieter ... Aber das gehört nicht hierher."

„Wie gut kannten Sie Neundorf?"

Er sah sie überrascht an.

„Sie wissen, was passiert ist?"

„Seit Nicole Fischer ermordet in der Tiefgarage aufgefunden wurde, habe ich sämtliche Horrorgeschichten gehört, die sich je im Asemwald zugetragen haben."

„Oh je!"

„Wie gut kannten Sie ihn?"

Er musste nicht lange überlegen.

„Er war ein netter und interessanter Kerl. Botaniker an der Uni Hohenheim und ein absoluter Pflanzennarr. Seine Wohnung glich einem Urwald! Ich vermisse ihn als Nachbar. Wir haben ein paar Mal bei ihm oder bei mir einen zusammen gehoben und uns dabei gut unterhalten. Sein großes Hobby war der Umweltschutz. Er verfolgte die Aktionen von Greenpeace, war Mitglied des Naturschutzbundes und … hat sich sehr für meine Arbeit interessiert." Er lachte ein bisschen verlegen. „So etwas schmeichelt einem natürlich."

Rita nickte und lächelte verständnisvoll.

„Hin und wieder hat er einfach mit einer Flasche Bio-Wein und einer Familienpackung Bio-Käsegebäck … er schwor auf Bio … vor meiner Tür gestanden und gefragt, ob ich auch das eine oder andere in Sachen Umweltschutz oder Umweltkatastrophe gehört oder gelesen hätte. Ob ich schon die neuesten Statistiken zum Klimawandel kenne, oder ob es wieder einen Skandal im Zusammenhang mit meiner Arbeit gegeben hätte, worüber wir uns austauschen könnten. Er hat sämtliche Artikel, derer er habhaft werden konnte, über Qualitätsstandards, Qualitätskontrolle und Qualitätsprüfung von Kinderspielzeug aus Zeitungen oder Magazinen ausgeschnitten und mir in den Briefkasten gesteckt."

Er machte eine kleine Pause und lächelte in der Erinnerung an diese nette Geste.

„Sein großes Thema war die Welt, in der wir leben. Über Persönliches hat er nie gesprochen. Ich wusste zwar, dass er Familie und eine Freundin hat. Aber wie er zu ihnen stand … Er war definitiv nicht der Typ Mann, der seine Gefühle offen zeigte oder gar darüber redete. Ich bin das im Übrigen auch nicht."

Ein überraschtes Lächeln huschte über sein Gesicht, als sei ihm das, was er da gerade über sich selbst gesagt hatte, eben zum ersten Mal aufgefallen.

„Bis auf ein einziges Mal."

„Ach, ja? Erzählen Sie es mir?“

Er sah aus dem Fenster und überlegte kurz.

„Eines Nachts hat er mich aus dem Bett geklingelt und mir sturzbetrunken und in Tränen aufgelöst mitgeteilt, dass seine Freundin am Abend zuvor beim Joggen ermordet worden wäre, und dass er von der Polizei der Tat verdächtigt worden sei. Er habe einen grauenvollen Tag in einem stickigen Verhörzimmer auf dem Polizeipräsidium zugebracht, wo ihn zwei Polizeibeamte wieder und immer wieder durch die Mangel gedreht hätten, und dass er fix und fertig sei. Dass er jetzt unmöglich allein sein könne und unbedingt mit jemandem reden müsse, weil er sonst den Verstand verlieren würde.

Ich war ziemlich schockiert und konnte seine Geschichte zuerst kaum glauben, auch weil er so schrecklich betrunken war. Ich wusste auch nicht, wie ich ihm helfen konnte. Also habe ich dem Ärmsten einfach zugehört, ihn später ins Bett gebracht und bin anschließend noch so lange bei ihm sitzen geblieben, bis er eingeschlafen war. An eigenen Schlaf war sowieso nicht mehr zu denken.

Merkwürdigerweise ist nach diesem Abend der freundschaftliche Kontakt zwischen uns abgebrochen. Vielleicht war es ihm peinlich, dass er mit mir so offen über seine persönlichen Probleme gesprochen hat, sich mir quasi anvertraut hat? Oder dass er des Mordes an seiner Freundin verdächtigt wurde? Vielleicht konnte er sich am nächsten Tag nicht mehr daran erinnern, was er mir alles erzählt hat, und das war ihm unangenehm?

Ich habe ihn dann eine Weile gar nicht mehr gesehen. Und wenn ich später hin und wieder auf ihn traf, war er meistens fürchterlich betrunken und hat wunderliches Zeug von sich gegeben. Was dann passiert ist, wissen Sie ja.“

Resigniert legte er beide Hände in den Schoß und sah Rita traurig an.

„Es ist jammerschade um ihn. Wirklich jammerschade. Er war nämlich ... ein richtig netter Kerl."

Rita, die Wolfs Bericht mit großem Interesse gelauscht hatte, sah ihn nachdenklich an.

„Sie sagten, seine Freundin sei ermordet worden."

Er nickte gedankenverloren.

„Wie?"

„Sie wurde erstochen. Mehrfach. In Brust und Rücken. Ich sehe Neundorf jetzt noch vor meinem geistigen Auge erschaudern, als er es mir erzählte ... Mein Gott!"

Er hielt abrupt inne und schlug sich mit der flachen Hand vor die Stirn.

„Wie sich die beiden Fälle gleichen. Ist Ihnen das nicht auch aufgefallen?"

„Und ob!"

„Wenn man abergläubisch wäre, könnte man meinen, es läge ein Fluch über den Männern, die in die Wohnung neben meiner ziehen. Oder sehen Sie da einen logischen Zusammenhang?"

„Im Moment noch nicht. Erzählen Sie mir erst einmal alles, was Sie noch darüber wissen."

Er sah wieder aus dem Fenster und kramte mit gerunzelter Stirn in seinen Erinnerungen.

„Über die Eltern seiner ermordeten Freundin hatte die Kripo erfahren, wer ihr Freund ist und wo er arbeitet. An seinem Arbeitsplatz warteten am Tag darauf zwei wortkarge Polizeibeamte in Zivil auf ihn, als er von der Mittagspause zurückkam, und nahmen ihn mit aufs Präsidium. Er sei des Mordes verdächtig, war alles was sie als Begründung angaben.

Zu diesem Zeitpunkt wusste er noch nicht einmal, um welche ermordete Person es dabei ging.

Den Polizeibeamten gegenüber beteuerte er nur immer und immer wieder, dass er zur Tatzeit mit einem ihm bis zu diesem Abend unbekannten Mann namens Schumann oder Schuster die bedrohliche Eisschmelze diskutierend durch die nächtlichen Straßen der Stadt spaziert sei. Der Mann habe bei dem vorausgegangenen Vortrag im Haus der Wirtschaft über „Das Kalben der Eisberge bei Grönland" neben ihm gesessen und durch ein paar intelligente Bemerkungen auf sich aufmerksam gemacht.

Wolf lächelte, als er das erwähnte.

„Das war typisch für ihn. Genauso war er."

Dann machte sein Lächeln einem traurigen Zug um den Mund Platz, und er fuhr in seiner Schilderung fort.

„Der Vortrag hatte tatsächlich an diesem Abend am angegebenen Ort stattgefunden, und er ging bis nach Mitternacht. Doch leider gab es weder Zeugen für seine Anwesenheit beim Vortrag noch für den anschließenden Spaziergang mit dem anderen Teilnehmer.

Die Kripobeamten glaubten ihm natürlich nicht, weil ihnen die Geschichte zu phantastisch vorkam, mussten ihn aber nach dem langen, zermürbenden Verhör trotzdem laufen lassen, weil es keine, im juristischen Sinne, gültigen Beweise gab, die es erlaubt hätten, ihn länger festzuhalten. Aber ich glaubte ihm. Es war sein Thema, und er diskutierte leidenschaftlich gern. Und er war ständig unterwegs zu solchen Veranstaltungen. Einmal wollte er sogar mich zu einem ähnlichen Vortrag mitschleppen."

„Sagten Sie, dass seine Freundin beim Joggen überfallen und erstochen worden ist?"

„Ja. Und ihr Mörder wurde, soviel ich weiß, bis heute nicht gefunden."

Plötzlich riss er Mund und Augen auf, breitete die Arme auseinander und verharrte einen Moment in dieser aufgescheuchten Pose.

„Meinen Sie, es könnte derselbe Kerl gewesen sein, der auch …

„Alles ist möglich“, antwortete Rita knapp. Sie wollte die beiden Fälle nicht mit Wolf diskutieren.

„Wissen Sie vielleicht noch, wie die Freundin von Neundorf hieß?“

„Angela … Angela … An ihren Nachnamen kann ich mich leider nicht erinnern. Vielleicht hat er ihn mir gegenüber auch nie erwähnt. Aber warten Sie …“

Er sprang auf, ging zu seinem Schreibtisch und kramte in einer Schublade, bis er einen kleinen ausgeschnittenen Zeitungsartikel gefunden hatte.

„Das war ich Neundorf schuldig. Ich meine, dass ich ihn ausgeschnitten und aufgehoben habe.“

Er strich den Artikel glatt und las ihn ihr dann vor: „Die Ermordete, Angela B. …“

Enttäuscht ließ er die Hand mit dem Artikel sinken.

„Sie nennen den vollen Namen hier leider auch nicht.“

„Macht nichts. Den kriege ich schon raus“, sagte Rita zuversichtlich und stand auf.

„So, jetzt muss ich aber weiter. Vielen Dank, dass Sie sich Zeit für mich genommen haben und entschuldigen Sie, dass ich Sie wegen der Teddys so hart angegangen bin.“

Er hob lächelnd beide Hände, winkte mit einer großzügig vergebenden Geste ab und begleitete sie zur Tür. Und sie fand, dass Gregor Wolf auch ein richtig netter Kerl war.

24

Kleo hatte lange mit heißem Herzen durch ihren Türspion auf den Flur gestarrt und mit angelehnter Tür und angehaltenem Atem auf die Geräusche des Aufzugs gehört. Sie wollte ganz sicher gehen, bei ihrem Vorhaben von niemandem gesehen zu werden.

Jetzt holte sie tief Luft und trat vorsichtig auf den Flur. Sie zog die Tür zu ihrem Apartment leise hinter sich zu und lauschte noch einmal in alle Richtungen. Auch vom Treppenhaus her näherte sich niemand. Die Luft schien rein zu sein, und der Schlüssel zu seiner Wohnung fühlte sich wie ein glühendes Brandeisen in ihrer Hand an. Entzückt schloss sie die Augen, und ein verlockender Gedanke schoss ihr durch den Kopf: Mit seinem Schlüssel gebrandmarkt zu werden … ein sichtbares Zeichen, dass sie ihm gehörte … für immer und ewig …

Sie hatte lange keine Gelegenheit gehabt, sich noch einmal in seine Wohnung zu stehlen, weil sie im Büro so viel zu tun gehabt hatte. Meistens war sie erst spät nach Hause gekommen und dann gleich müde und abgeschlagen ins Bett gesunken. Außerdem hatte sie keine Ahnung, ob er da war oder nicht. Ob er allein war oder ob ihm diese Privatdetektivin wieder auf der Pelle saß. Sie hatte auch noch kein Gefühl dafür entwickeln können, wie lange seine Reisen im Schnitt dauerten. Und sie wusste nicht, ob bei längerer Abwesenheit womöglich jemand seinen Briefkasten leerte oder in seiner Wohnung nach dem Rechten sah. Alles war noch zu neu, zu aufregend. Ihre Beziehung fing ja gerade erst an.

Bei ihrem ersten Besuch war sie noch so nervös gewesen, dass sie sich nicht wirklich entspannt in seiner Wohnung aufhalten konnte. Sie hatte die Zimmer im Eiltempo durchschritten, gerade noch registriert, dass er immer noch zwischen Umzugskartons hauste, überhaupt keine Pflanzen besaß (bei ihm wäre ein Angebot, die Pflanzen in seiner Abwesenheit zu gießen, nicht drin) und enttäuscht festgestellt, dass es bis auf das phantastische Cowboyhemd praktisch keine persönlichen Dinge in der Wohnung gab, die sich als Souvenir eigneten. Völlig aufgelöst, fast schon in Panik, hatte sie im Badezimmer noch schnell nach einem Aftershave gegriffen – egal welches.

Heute würde sie garantiert ungestört sein, und sie vibrierte vor schierer Ungeduld und Erwartung, bald wieder in den Räumen zu stehen, in denen er lebte, wenn er gerade einmal nicht verreist war.

Dass er von Berufs wegen so viel unterwegs war, machte ihr ganz schön zu schaffen, und es ging ihr jetzt auch wieder durch den Kopf. Sie würde viel allein sein. Und sie würde es aushalten müssen. Sie würde auch die vielen leicht bekleideten weiblichen Models aushalten müssen, mit denen er Strand auf Strand ab posierte. Aber so war das eben, wenn man mit einem Starmodel liiert war. Sie würde ihn einfach so oft es ging auf seinen Reisen begleiten. Damit wäre geklärt, wer die Frau an seiner Seite ist. Die einzige Frau an seiner Seite.

Seit dem Tag, an dem er eingezogen war, hatte sie ihn sich oft allein in seiner Wohnung vorgestellt, wie er von einem Zimmer ins andere ging, telefonierte, las, Musik hörte, duschte, seine Reiseutensilien zusammensuchte oder seine Flugtasche packte.

Öfter noch hatte sie sich vorgestellt, wie sie mit ihm zusammen in seiner Wohnung frühstückt, nach einer unvergesslichen Nacht und mit dem Geruch der Liebe noch auf ihrer Haut. Oder bei einem erlesenen Abendessen zu zweit bei Kerzenlicht, einem Glas Rotwein und natürlich den Balladen von Madonna.

Trying hard to control my heart
I walk over to where you are
Eye to eye we need no words at all

sang Madonna in ihrem Kopf. Gab es dem noch etwas hinzuzufügen?

Sie müsste unbedingt gleich einmal nachsehen, ob er etwas von ihr hatte. Wenn nicht, würde sie ihm bei ihrem nächsten Besuch eine CD von Madonna als kleines Gastgeschenk mitbringen. Vielleicht gleich nach seiner Rückkehr von Hawaii.

Hawaii … nördlicher Pazifik … Hula-Hula …, hatte diese Privatdetektivin im Aufzug sehnsuchtsvoll zu ihm gesagt und: Ich hätte nicht übel Lust mitzukommen.

Letzteres konnte sich Kleo lebhaft vorstellen!

Sie war den beiden zufällig auf dem Weg zum Bäcker im Aufzug begegnet, und er hatte zu der Schnüfflerin gesagt, dass er voraussichtlich bis Mittwoch in vierzehn Tagen in Hawaii wäre, anschließend einen Stopover in Frankfurt bei seiner Agentur machen müsse und sich von dort bei ihr melden würde, um ihr mitzuteilen, mit welchem Flieger er nach Stuttgart zurückkäme. Wie es aussah, würde sie ihn dann vom Flughafen abholen.

Sie konnte diese Frau nicht ausstehen. Ständig war sie da und schwänzelte um ihn herum wie eine läufige Hündin. Ständig versuchte sie den Eindruck zu erwecken, als wäre sie unentbehrlich oder als setze sie Himmel und Hölle in Bewegung, um seine Unschuld zu beweisen. Sie, Kleo, jedenfalls fiel auf ihr Getue nicht rein. Für ihren Geschmack kümmerte sich die Gute mehr als nötig um ihn und vor allem um Dinge, die sie überhaupt nichts angingen. In ihren Augen rangierten Privatdetektivinnen auf dem gleichem Niveau wie Privatsekretärinnen, und denen sagte man ja bekanntlich auch so einiges nach. Aber damit wäre bald Schluss! In Zukunft würde sie ihren Liebling zum Flughafen bringen und auch wieder abholen.

Sein Lächeln bei der Begrüßung im Aufzug war ihr wieder durch und durch gegangen. Diese strahlend schönen weißen Zähne! Und wie verräterisch seine Augen dabei geblitzt hatten! Das war seiner Chauffeuse entgangen. Er hatte ihr auch noch etwas sagen wollen. Etwas Nettes zum Abschied. Das hatte sie genau gespürt. Aber die blöde Kuh neben ihm traktierte ihn ständig mit Fragen wegen der Abholerei, dass sie, als dieser Punkt endlich geklärt war, im Erdgeschoß angekommen waren und sich keine Gelegenheit mehr dazu ergab.

Ärgerlich.

Sehr ärgerlich!

Und wer war schuld?

Sie.

Immer wieder sie.

Privatdetektivin R. Volk hatte sie sich auf ihre Visitenkarten drucken lassen. R. Volk! Ganz schön eingebildet, die Dame. Aber immerhin hatte ihr die selbsternannte Miss Erfolg mit ihrem dauernden Gequatsche die Dauer seiner Reise und das Datum seiner Rückkehr verraten. Darüber hätte Kleo beinahe jetzt noch vor Freude in die Hände geklatscht.

Gerochen hatte er im Aufzug aber nicht nach Old Spice. Diesen Duft hätte sie unter einer Million anderer Düfte wiedererkannt. Es muss Brut gewesen sein. Die andere Flasche. Passte auch besser zu ihm. Sie hatte sich schon gewundert, dass er Old Spice benutzte. War das nicht eher ein Aftershave für ältere Herren?

Ein letzter Blick in die Runde, dann steckte Kleo den Schlüssel ins Schloss und setzte zum Umdrehen an. Als die Tür gleich beim ersten Widerstand aufging, hielt sie einen Moment überrascht inne. Er hatte sie nur zugezogen. Verreist für zwei Wochen und schließt seine Wohnungstür nicht ab. Und seiner oberschlauen Schnüfflerin war das auch nicht aufgefallen.

Leichtsinniger Liebling! Doch irgendwie passte das zu seiner lässigen, selbstsicheren Art. Wovor sollte er auch Angst haben? Wer würde ihm schon etwas Gemeines antun wollen?

Er war ein Star.

Alle liebten ihn.

Lächelnd zog sie den Schlüssel aus dem Schloss und gab der Tür einen Schubs.

Aber er …

… liebte nur sie.

Das hatte er ihr schließlich mehr als einmal bewiesen. Auf jedem Foto. Auf jedem einzelnen der unzähligen Fotos in den beiden Katalogen hatte er immer nur sie angesehen. Hatte er nur Augen für sie gehabt. Und die rotgoldene Welle des Glücks, die sie schon beim ersten Durchblättern überspült hatte, rollte zurück und spülte sie über die Schwelle zu seiner Wohnung. Leise schloss sie die Tür hinter sich.

Brut … Sein Aftershave hing noch in der Luft, als habe er den Raum gerade eben erst verlassen. Na ja, sehr viel länger war es auch nicht her. Es war derselbe Duft wie im Aufzug. Seine ganze Wohnung roch danach. Entzückt lehnte sie sich mit dem Rücken an die Tür, schloss die Augen und trank mit leicht geöffnetem Mund und bebenden Nasenflügeln seinen Duft.

Sie hätte ewig so dastehen können, wie eine liebestolle Katze flehmen und die Zeit verrinnen lassen, entschied sich dann aber doch dafür, weiter in seine Wohnung vorzudringen und einen Blick aus seinem Fenster zu werfen.

Begeistert stellte sie fest, dass sie sich denselben Himmel teilten. Denselben Horizont. Und die Entdeckung dieser neuen

Gemeinsamkeit beglückte sie. Es war alles Vorsehung, davon war sie überzeugt. Sie gehörten zusammen, es zeigte sich wirklich überall.

Die angrenzende Küche, durch einen Wanddurchbruch mit dem Wohnzimmer verbunden, war inzwischen mit Einbauschränken bereits komplett installiert. Der Platz am Fenster, vorgesehen für den Esstisch, war jedoch immer noch frei und sein Kühlschrank, bis auf ein paar Flaschen Champagner, leer.

Das Wohnzimmer sah immer noch so aus, als sei er gerade erst eingezogen. Keine gemütliche Couch, kein Couchtisch, keine Sessel, keine Stehlampe, kein einziges Bild an der Wand. Hier gäbe es noch eine Menge für sie zu tun.

Drei Stapel IKEA-Regale lagen noch immer original verpackt entlang der längsten Wand. Seine Bücher, bis auf zwei, die zusammen mit ein paar Zeitschriften auf dem Schreibtisch lagen, steckten noch in den Umzugskartons. Seine Stereoanlage, Boxen und CDs wohl auch.

Nur der Fernseher war schon angeschlossen, wie ihr ein kurzer Druck auf den Einschaltknopf bestätigte, und sein Laptop und das Telefon waren ebenfalls einsatzbereit. Auch der Balkon war bereits komplett eingerichtet. Zwei Liegestühle aus gewundenen Plastikschnüren in knallorange (passend zur Markise) waren, wie an Deck eines Luxusliners, auf den fernen Horizont ausgerichtet. Dazwischen stand ein freches, rundes, neongrünes Tischchen, auf dem zwei gebrauchte Pappbecher und eine leere Flasche Moet & Chandon standen, die er garantiert mit dieser blöden Privatdetektivin zum Abschied gekillt hatte.

Angewidert wandte sie sich ab und begab sich ins Badezimmer, wo sie zum Trost an seiner Seife roch und seinem Körpergeruch in den Handtüchern, seinem flauschigen Bademantel und in dem unvergesslichen mitternachtsblauen Seidenpyjama nachspürte.

Diesen Pyjama hatte er auf mehreren Fotos in einem der Kataloge getragen, und kein anderes Model hatte im Pyjama so eine phantastische Figur gemacht wie er. Mit wohligem Schaudern ließ sie ihre Hände über die Seide gleiten, presste den Pyjama noch einmal wie zum Abschied an ihr Gesicht, dann riss sie sich los und ging über den Flur hinüber ins Schlafzimmer.

Sein King-Size Bett war nicht gemacht. Sie beugte sich vor und presste ihr Gesicht ins Kopfkissen und in die zerwühlte Bettdecke. Seine Bettwäsche war aus dunkelgrauem, glänzendem Satin und roch nach ihm. Sie schlug die Bettdecke zurück, setzte sich auf die Matratze, streifte ihre Schuhe ab und ihren Rock hoch.

Sie hatte extra einen Rock für diesen Besuch angezogen und den Slip darunter weggelassen. Eine Schwäche, der sie hin und wieder heimlich frönte, seit sie die erotisierende Wirkung dieser kleinen Nachlässigkeit in der Pubertät zufällig entdeckt hatte.

Seither brachte es sie jedes Mal so richtig in Stimmung, wenn sie ohne Slip in einem Restaurant saß oder sich in einem anderen öffentlichen Raum (zum Beispiel im Kino oder einer Galerie) bewegte. Der Gedanke, dass niemand etwas davon ahnte, verlieh ihr ein unbeschreibliches Gefühl von … Sie war sich nicht sicher, was es war.

Früher war sie auch so tanzen gegangen, und das hatte dem einen oder anderen ahnungslosen Mann ganz schön eingeheizt.

Sie ließ ihren Blick aus dem Fenster in den wolkenlosen azurblauen Himmel schweifen und ihre Gedanken drifteten davon.

Hawaii … nördlicher Pazifik … Nacht …

Sie schwammen nackt im seichten Wasser einer Lagune, mit nichts als einem magisch leuchtenden Vollmond über sich, dessen Licht sich auf der Wasseroberfläche widerspiegelte und drei schlanke Palmen am Strand beschien, die sich sanft im Wind wiegten.

Sie stiegen Hand in Hand aus dem Wasser und legten sich eng aneinandergeschmiegt neben ihren Kleidern in den warmen Sand.

Er nahm sie zärtlich in die Arme und küsste und streichelte sie, bis die Glut zu züngeln begann, heiße Flammen aufloderten und seine Zärtlichkeit in Leidenschaft umkippte.

Slowly now we begin to move
Every breath I'm deeper into you
Soon we two are standing still in time
If you read my mind, you'll see
I'm crazy for you

sang Madonna in ihrem Kopf.

Sie warf den Kopf zurück und stöhnte leise auf.

Kleine, Schaum gekrönte Wellen liebkosten ihre Brüste, umspülten ihre Lenden, leckten an ihren Füßen und Zehen. Es roch nach Meer. Sie spürte sein Gewicht und seine Ungeduld. Alles war so, wie sie es sich immer vorgestellt hatte. Und als er in sie eindrang, explodierte etwas in ihr. Explodierte immer und immer wieder, bis sich ihr Mund wie unter einem erlösenden Zwang öffnete, ein lang gezogenes „Ahhh!" ausstieß, auf das noch ein paar weitere unkontrollierbare, seltsame Laute folgten, bis die Eruptionen langsam verebbten.

Danach lag sie noch einen Moment lang seltsam ernüchtert in seinen Kissen und starrte an die Schlafzimmerdecke. Dann sprang sie auf, zupfte ihren Rock zurecht und sah noch kurz einem amerikanischen Armee-Hubschrauber nach, der so nah vorbeiflog und Kurs auf ihren Balkon nahm, dass sie neben dem Pilot einen hochrangigen General ausmachen konnte, der sich um diese Zeit zum Lunch oder zu einem Meeting fliegen ließ. Sie konnte sogar die Orden auf seiner Brust erkennen, deren Metall bei dem kleinen Manöver in der Sonne aufblitzte.

Ziel der beiden war der Stützpunkt Kelly Barracks, und sie befanden sich auf dem Weg zu dem kleinen Landeplatz außerhalb der Kaserne. In knapp zwei Stunden würde dasselbe Duo in entgegengesetzter Richtung wieder haarscharf an ihrem Balkon vorbeiknattern, um den Mann zurückzubringen.

Es gab sicherlich tausend Gründe, weshalb die kleinen Armee-Hubschrauber im Sommer tagsüber und bis in den Abend hinein emsig hin und her flogen aber nur einen einzigen, so knapp an ihrem Balkon vorbeizufliegen, dass die Gläser in ihrem Schrank klirrten: Der Pilot oder sein Passagier oder beide wollten einen Blick auf ihre nackte Gestalt beim Sonnenbaden erhaschen.

Sie lächelte nachsichtig.

Männer!

25

Rita saß in ihrem Büro am Schreibtisch und sah schlecht gelaunt aus der geöffneten Hintertür auf die nass glänzende Plattform der Feuertreppe und ihre tropfnasse Palme, die sie für eine warme Dusche hinausgestellt hatte. Bis vor ein paar Minuten hatte es noch in Strömen geregnet. Jetzt schien schon wieder eine alles versengende Sonne.

Wegen des Wetters, das schon seit Wochen verrückt spielte, war sie extra früh ins Büro gekommen, um in den kühlen Morgenstunden noch einmal in Ruhe sämtliche Unterlagen und Notizen durchzugehen, die sich im Fall Nicole auf ihrem Schreibtisch angesammelt hatten, in der Hoffnung, etwas Entscheidendes zu entdecken, das ihr bislang vielleicht entgangen war.

Aber wie sie es auch drehte und wendete, sie kam immer wieder zu demselben Ergebnis: Der ideale Schwiegersohn Dr. Michael Pott hatte ein lupenreines Alibi. Gregor Wolf war der unverdächtige Zeuge und hilfsbereite nette Kerl von nebenan. Ihr Augenzeuge Elvis fiel wegen Gesichtsblindheit seit Geburt aus, was sie am meisten ärgerte. Und abgesehen davon gab es noch die Geschichte von Neundorfs Verfolgungswahn und seinen Sturz vom Balkon – offiziell ein Selbstmord. Am häufigsten kreisten ihre Gedanken in letzter Zeit jedoch um Neundorfs Verlobte Angela B., die auf ähnliche Art und Weise ermordet worden war wie Nicole. Neue Verdächtige oder Zeugen gab es keine.

Inzwischen war es Mittag geworden und die drückende Schwüle, die durch die geöffnete Fluchttür ungehemmt in ihr Büro kroch, verwandelte es nach und nach in ein Feuchtbiotop. Sie fühlte sich schlapp, war hungrig und fragte sich, wie ihr herzkranker Metzger im Haus gegenüber, dessen kleine Fertiggerichte sie vor dem Schlimmsten bewahrten, den ständigen Wetterwechsel und das dauernde Pendeln zwischen Laden und Kühlraum verkraftete. Aber der Gedanke an eine Mahlzeit aus der Mikrowelle, die sie im Büro einnehmen müsste, war ihr unerträglich. Heute würde sie in einem der Stadtgärten im Freien unter einem Sonnenschirm oder einem Schatten spendenden Baum eine Kleinigkeit essen und den Rest des Tages frei nehmen.

Die Aussicht auf ein Mittagessen im Freien verbesserte ihre Laune ein wenig. Sie raffte eilig ihre Unterlagen zusammen und schob den Stapel neben das übliche Häufchen Post. Stellvertretend für den unergiebigen Vormittag gab sie dem Locher einen verärgerten Stoß, der ihn unsanft gegen das Telefon prallen ließ. Das änderte zwar auch nichts an dem unbefriedigenden Ergebnis, aber das Telefon fing wie auf Kommando an zu klingeln.

Sie hob den Hörer ab.

„Hallo Rita! Ich habe seit zwei Tagen wieder festen Boden unter den Füßen, und bei meiner Rückkehr ins Büro habe ich die Akte von Nicole Fischer auf meinem Schreibtisch vorgefunden. Da ich den Hauptverdächtigen, vor allem aber seine Chefin, bestens kenne, dachte ich, ich zapfe zuallererst mal diese Stelle an."

„Hallo Arti! Ich dachte schon, du kommst überhaupt nicht wieder. Du hast mir gefehlt."

„Ja. Ja."

„Nein, wirklich. Pale macht sich jedes Mal fast ins Hemd, bevor er eine Information herausrückt."

„Ach so."

„Wie war der Urlaub?"

„Wild und abenteuerlich. Viel Wasser und viel frische Luft. Der perfekte Ausgleich zum Schreibtisch. Aber Fisch kann ich eine Weile nicht mehr sehen."

„Apropos Schreibtisch. Hast du dir die Akte von Nicole schon mal angesehen?"

„Nur kurz überflogen. Nachdem meine Stellvertreterin mir sieben Notizen mit der Bitte um dringenden Rückruf von dir vorgelegt hat, dachte ich, wir könnten die relevanten Einzelheiten gleich zusammen durchgehen."

„Arti, du bist ein Schatz! Ich komme nämlich mit dem, was ich bisher ermitteln konnte, nicht so richtig weiter."

„Okay."

Nachdem sie Nicoles Akte gründlich durchforstet hatten und Rita sich ein paar Notizen gemacht hatte, erzählte Arti noch mit Begeisterung in der Stimme von seinem Urlaub. Von den unzähligen finnischen Seen, dem Boot, auf dem er gehaust hatte, mit welchen Angeln und welchen Ködern man welche Fische fing und redete sich mit komplizierten Details ganz schön in Fahrt. Nach einer Weile bemerkte er, dass es am anderen Ende der Leitung immer stiller geworden war, und er sagte: „Ich rede und rede! Sag mal, wie geht es dir denn unter den gegebenen Umständen?"

„Wenn ich ehrlich sein soll, nicht so toll. Phil sitzt im Moment ziemlich in der Klemme, und ich – um im Bild zu bleiben – fische ganz schön im Trüben. Aber du kannst das vielleicht ändern."

„Wie?", fragte er, wie aus der Pistole geschossen.

Sie erinnerte ihn an den immer noch ungelösten Mord der Joggerin Angela B. vor fast genau einem Jahr, den er bis auf ihren Familiennamen auch noch im Kopf hatte.

„Kannst du mir nicht eine Kopie ihrer Akte beschaffen? Ich würde mich gern noch einmal mit diesem Fall befassen."

Er versprach, sich darum zu kümmern. Und sie wusste, dass sie sich darauf verlassen konnte.

„Und sag jetzt bloß nicht wieder: Arti, du bist ein Schatz! Ich könnte sonst den Eindruck gewinnen, dass du das immer dann sagst, wenn du was von mir willst."

Rita lachte.

Aber nicht lange.

Kaum hatte sie den Hörer aufgelegt, rief ihre Mutter an, um sich wieder einmal darüber zu beklagen, dass sie so wenig von ihrer Tochter hörte; dass ihr das Haus, seit Helen und Billie ausgezogen waren, wieder viel zu groß vorkomme; dass sie schon gar nicht mehr wüsste wie ihre Tochter aussähe …

Und dann ratterte sie ohne Überleitung weiter, dass sie beim Frisör von dem Mord an einer jungen Frau in der Tiefgarage vom Asemwald gehört habe … praktisch in ihrer Nachbarschaft! Und einen Tag später habe sie in der Zeitung gelesen, dass ein schwarzes Model namens Philipp B. des Mordes an dieser jungen Frau verdächtigt werde, und sie sei sich ziemlich sicher, dass es sich bei diesem Verdächtigen um Phil handeln würde, den zeitweiligen Mitarbeiter ihrer Tochter.

„Wenn du nur einen Funken Anstand im Leib hast, verteidigst du Phil", schnaubte sie abschließend.

„Ich bin Privatdetektivin, Mama, keine Rechtsanwältin."

„Du weißt, wie ich das meine. Also, was ist dran an der Geschichte? Er ist doch unschuldig?"

Rita überlegte, ob und was sie ihrer Mutter über den Fall sagen sollte. Ihre Mutter war hartnäckig, und es würde schwer bis unmöglich sein, sie von einer einmal aufgenommenen Fährte wieder abzubringen. Da war sie wie ein Bluthund.

„Natürlich ist Phil unschuldig, und natürlich kümmere ich mich um ihn. Für wen hältst du mich?"

„Das steht jetzt nicht zur Debatte. Warum ist er auch in den Asemwald gezogen. Du wusstest doch, dass in deinem Elternhaus wieder eine ganze Etage frei geworden ist. Warum hast du ihm nicht angeboten, zu mir zu ziehen?“

„Er wollte in der Nähe des Flughafens wohnen.“

„Schönberg liegt genauso nah am Flughafen wie der Asemwald.“

„Es musste unbedingt ein Hochhaus sein.“

„Das sagst du doch nur, um mich auszumanövrieren.“

Das stimmte. Aber damit war zumindest das leidige Thema „Wohnen bei Mama“ wieder einmal vom Tisch.

„Wenn du schon an diesem Mordfall arbeitest, was du mir natürlich wieder einmal verheimlicht hast, und Phil nicht der Mörder ist, hast du schon jemand anderen im Verdacht?“

„Mama, ich verheimliche dir nichts, auch wenn das Wort Berufsgeheimnis eine solche Vermutung nahelegt. Wenn ich an einem Fall arbeite, darf ich nicht darüber sprechen. Das weißt du ganz genau, weil ich es dir schon ein paar Mal gesagt habe. Du versuchst nur immer wieder, mich reinzulegen.“

„Pah!“

„Ich drucke dir wieder ein paar neue Fälle aus der *Crime Library* aus. Da kannst du dich dann wieder nach Herzenslust gruseln.“

26

Als sie am Abend desselben Tages noch einmal im Büro vorbeischaute, hatte Arti ihr schon die Polizeiakte von Angela B. gefaxt, die mit vollem Namen Angela Best hieß, und Rita machte sich als Erstes über Pales Obduktionsbericht her.

Die Ermordete war zum Zeitpunkt ihres Todes fünfundzwanzig Jahre alt und im dritten Monat schwanger. Ihr Oberkörper wies im Bereich von Brust und Rücken mehrere Stichwunden auf.

Anzahl und Tiefe der Stiche sowie die Heftigkeit der Ausführung ließen auch bei ihr auf eine Beziehungstat schließen. Auch sie war heimtückisch von hinten angegriffen worden, und auch in ihrem Fall hatte der Täter das Messer nicht am Tatort zurückgelassen.

Im Gegensatz zu Nicole Fischer war Angela Best jedoch zum Zeitpunkt ihres Todes absolut nüchtern gewesen, und es waren Hautfetzen unter ihren Fingernägeln sichergestellt worden, die darauf hindeuteten, dass sie sich ihrem Angreifer gegenüber heftig zur Wehr gesetzt hatte.

Bei der Mordwaffe handelte es sich in beiden Fällen um ein handelsübliches Haushaltsmesser mit feststehender Klinge.

Na toll!

Haushaltsmesser mit stabiler Klinge befanden sich massenhaft legal im Umlauf und waren der Renner unter Hitzköpfen und Gelegenheitsverbrechern. Inzwischen tauchten sie auch schon bei Razzien auf dem Schulhof auf. Nicht so beliebt waren sie bei den Ermittlern, denen eine Armbrust, ein Nudelholz oder ein antiker malaysischer Dolch als Mordwerkzeuge natürlich lieber waren, weil sie den Kreis der Verdächtigen automatisch eingrenzten.

In beiden Fällen ähnelten sich Mordwaffe und Tathergang in einigen Punkten zwar auf verblüffende Weise. Was aber gegen eine Serie sprach, woran sie ebenfalls kurz gedacht hatte, war die Tatsache, dass eine der Frauen schwanger war, und dass sich die beiden Frauen vom Typ her überhaupt nicht ähnelten.

Nicole Fischer war sehr groß, extrem schlank, hatte einen platinblonden Bubikopf und hellblaue Augen. Angela Best maß nur einen Meter fünfundsechzig, war eher vollschlank, hatte braune Augen und trug ihr langes, dunkles Haar bei ihrem Auffinden zu einem Pferdeschwanz gebunden.

Auch passten Tatzeit und Tatort nicht wirklich zu einem Serienkiller. Nicole Fischer wurde in den frühen Morgenstunden in einer menschenleeren Tiefgarage ermordet und Angela Best gegen neunzehn Uhr beim Joggen auf einem zu dieser Zeit mitunter sehr belebten Parcours im Wald.

Ein anderer Jogger hatte sie auch kurz nachdem der Mord geschehen war, unmittelbar neben dem Parcours liegend gefunden, die Polizei verständigt und zu Protokoll gegeben, dass sie beim Auffinden noch warm gewesen sei, dass er ansonsten aber keinerlei verdächtige Beobachtungen gemacht habe.

Ernüchtert legte sie das Fax zum Rest ihrer Unterlagen. In der Summe hatte die alte Polizeiakte sie nicht viel weiter gebracht. Aber immerhin gingen ein paar Namen, Adressen und Telefonnummern daraus hervor. Und damit konnte sie schon etwas anfangen.

27

„Ich habe sie angefasst … umgedreht … ihren Puls gefühlt. Ich dachte ja erst, sie wäre nur unglücklich gestürzt und bewusstlos“, sagte Tim Locher, der Jogger, der Angela unmittelbar nach der Tat ermordet aufgefunden hatte.

Rita hatte Locher am nächsten Morgen unter der im Polizeibericht angegebenen Telefonnummer im Büro erreicht und versucht, kurzfristig ein Treffen mit ihm zu vereinbaren. Er meinte aber, er könne ihre Fragen ebenso gut gleich telefonisch beantworten.

„Erst dann habe ich bemerkt, dass sie überall blutete. Es muss kurz bevor ich vorbeikam passiert sein. Sie war noch warm und sah mich mit diesen toten Augen an. Was für ein grauenvoller Anblick! Ich habe jetzt noch manchmal Alpträume.“

„Das tut mir leid. Trotzdem, gibt es noch irgendetwas von Bedeutung zu erwähnen, das Ihnen im Nachhinein in einem anderen Licht erscheint? Etwas, das sie in der allgemeinen Aufregung damals bei der Polizei nicht zu Protokoll gegeben haben?“

„Nein. Ich möchte auch gar nicht mehr darüber sprechen. Ich versuche nämlich, das Ganze zu vergessen.“

Ende der Durchsage. Und wieder keine einzige neue Spur, der sie nachgehen konnte.

Spuren!

Spuren als solche gab es im Fall Nicole reichlich, auch eine Menge Tatort-DNA. Die nützt aber leider gar nichts, solange sie nicht mit einer bestimmten Person in Verbindung gebracht werden kann. Fündig wird man aber nur bei Tätern, die bereits in der zentralen DNA-Datei gespeichert sind. Der Mörder von Nicole Fischer und Angela Best war jedoch, wie die Überprüfung ergab, vorher noch nicht polizeilich in Erscheinung getreten.

So viel zur DNA, ein Quantensprung der Kriminaltechnik, zu deren Ehrenrettung allerdings unbedingt erwähnt werden muss, dass mit ihrer Hilfe eine beträchtliche Anzahl ungelöster alter Fälle erfolgreich abgeschlossen werden konnte.

Phils Fingerabdrücke und seine DNA waren natürlich überall zu finden gewesen. Aber in Anbetracht dessen, dass er mit Nicole befreundet war, und dass sie den ganzen Abend zusammen verbracht hatten und viel Zeit davor, taugten sie nicht wirklich als Beweismaterial. Das musste selbst Horlacher zähneknirschend zugeben.

Doch Fingerabdrücke und DNA-Spuren, die mit nichts abgeglichen werden konnten, waren nur ein Ärgernis unter vielen. Jedes Mal, wenn sie an ihren Augenzeugen Elvis dachte, schoss ihr Blutdruck in abenteuerliche Höhen.

Sie stieß sich vom Schreibtisch ab und stand auf. Da es noch früh am Tag war, konnte sie sich gleich noch zu der Adresse von Angelas Eltern aufmachen. Und zwar ohne sich vorher telefonisch anzukündigen.

28

Als Rita sich kurz danach Rose Best an der Haustür als Privatdetektivin vorstellte, rief die erst einmal ihren Mann hinzu, bevor sie gewillt war, ihr weiter zuzuhören oder sie gar eintreten zu lassen. Beide reagierten überrascht und ein bisschen erschrocken. Als Rita ihnen jedoch mitteilte, weshalb sie gekommen war, grub sich bei Thilo Best ein harter Zug um den Mund ein und Rose liefen Tränen über die Wangen, als hätte die Nachricht ein Leck in ihren angestauten Kummer gerissen.

Wie Rita aus der Polizeiakte wusste, war Angela ihr einziges, lang ersehntes Kind gewesen. Sie hatten sie vor fünfundzwanzig Jahren unmittelbar nach der Geburt adoptiert, weil sie selbst keine Kinder bekommen konnten, und ihre Trauer war noch so allgegenwärtig, als hätten sie ihre Tochter erst gestern verloren.

Nachdem sich das anfängliche Misstrauen von Rose und Thilo Best gelegt hatte, baten sie Rita herein, die sich kurz danach im Wohnzimmer den beiden gegenüber in der Couch-Ecke wiederfand.

„Wir sind Ihnen sehr dankbar, dass Sie an der Aufklärung des Mordes an unserer Angela interessiert sind. Wir hatten die Hoffnung nämlich schon fast aufgegeben, besonders nachdem die Polizei ihre Akte zu den ungelösten Fällen in den Keller gestellt hat“, sagte Angelas Vater.

„Ich weiß, wie grausam und unbefriedigend das für die Angehörigen ist und hoffe, dass ich dazu beitragen kann, den Mörder ihrer Tochter zu finden.“

„Gibt es denn schon konkrete Anhaltspunkte?“, fragte er und sprang auf.

„Nichts, was ich Ihnen zu diesem Zeitpunkt schon sagen könnte."

Enttäuschung zeichnete sich auf seinem Gesicht ab.

„Sie werden uns doch aber zu gegebener Zeit informieren?"

„Selbstverständlich, das verspreche ich Ihnen."

„Danke."

Er setzte sich wieder neben seine Frau.

„Ich würde Ihnen jetzt gern ein paar Fragen stellen. Sind Sie damit einverstanden?"

Die beiden nickten.

„Können Sie sich vorstellen, wer ihrer Tochter das angetan haben könnte?"

Beide schüttelten energisch den Kopf.

„Nein!", sagte Frau Best bestimmt. „Angela war bei allen beliebt. Innerhalb der Familie und in ihrem Freundes- und Bekanntenkreis."

„Vielleicht gab es Streit in ihrem Job?"

„Bestimmt nicht. Ihr Chef hat sie sehr geschätzt und mit ihren Kolleginnen und Kollegen hat sie sich sogar privat getroffen. Sie hat oft von ihnen erzählt, nicht wahr, Thilo."

Herr Best nickte.

„Entschuldigen Sie, wenn ich Ihnen jetzt eine sehr persönliche Frage stelle."

Die beiden sahen erst sich, dann sie überrascht an.

„Können sie sich vorstellten, dass die Schwangerschaft ihrer Tochter eine Rolle bei ihrer Ermordung gespielt haben könnte? Vielleicht ein anderer Mann?"

Auf diese Frage reagierten beide sehr empfindlich und wiesen einen anderen Mann entschieden und empört zurück.

„Angela und Ralph waren verlobt und wollten heiraten", sagte Frau Best und fügte nach einer kurzen Pause, um jeden weiteren Gedanken an einen anderen Mann im Keim zu ersticken, noch hinzu. „Sie haben sich mehr geliebt, als manch anderes Paar. Das war für jedermann sichtbar."

„Vielleicht hat ihnen jemand dieses Glück nicht gegönnt."

Sie sahen Rita verständnislos an.

„Dass Angela im dritten Monat schwanger war, haben wir allerdings erst von der Polizei erfahren. Und dass wir nicht nur unsere Tochter, sondern auch unser Enkelkind verloren hatten, war ein zusätzlicher Schock für uns, wie Sie sich sicher denken können."

Sie hielt einen Moment inne.

„Auch Ralph hat erst durch die Polizei erfahren, dass Angela schwanger war."

„Das wusste ich nicht. Das ist ja wirklich schrecklich. Wie hat er es aufgenommen?"

Frau Best sah ihren Mann an und wartete, bevor sie weitersprach, bis sie ihre Stimme wieder unter Kontrolle hatte.

„Bei seinem letzten Besuch hat Ralph uns erzählt, Angela habe ihn am Tag vor ihrer Ermordung abends noch angerufen und ihm mitgeteilt, dass sie ihm etwas Wichtiges sagen müsse. Auf seine Frage, was das sei, habe sie geantwortet: ‚Das möchte ich dir gern persönlich sagen. Ich komme morgen bei dir vorbei.' Als er dann später durch die Polizei von ihrer Schwangerschaft erfuhr und sich an ihren geheimnisvollen Anruf erinnerte, hat es ihn wie ein Keulenschlag getroffen."

Ihre Stimme versagte, sie wischte sich mit den Händen über die Augen und suchte fahrig nach einem Taschentuch. Ihr Mann reichte ihr eines.

„Anfangs hatten wir noch gehofft, gemeinsam mit Ralph um Angela trauern zu können", fuhr sie mit einigermaßen gefestigter Stimme fort. „Er hat dann aber von einem Tag auf den anderen vollkommen den Boden unter den Füßen verloren und plötzlich angefangen zu trinken. Wir konnten es kaum noch mit ansehen und haben immer wieder versucht, ihn davon abzuhalten. Aber er hat sich immer mehr zurückgezogen und uns zum Schluss gar nicht mehr an sich herangelassen."

„Der Mord an unserer Tochter und unserer ungeborenen Enkelin hatte uns schon in einen Abgrund gestürzt", erzählte Herr Best weiter, weil seine Frau ihr Gesicht hinter dem Taschentuch verbarg. „Aber als sich ein paar Monate später Ralph das Leben nahm und wir gefühllos vor Schmerz an seinem offenen Grab standen, hörte ich dem Pfarrer zum ersten Mal aufmerksam zu. Er hatte nämlich die Leidensgeschichte von Hiob in seiner Grabrede zum Thema gemacht."

Er sah Rita an, als wolle er sich vergewissern, dass sie so bibelfest war, um ihm folgen zu können.

„Und da ist mir zum ersten Mal bewusst geworden, dass der Glaube für manche Menschen tröstlich sein kann, aber auch, dass ich, und leider auch meine Frau, nicht zu diesen Menschen gehören."

„Ich auch nicht", sagte Rita und stand auf.

„Ich weiß, dass das kein Trost für Sie ist, aber ich hoffe, dazu beitragen zu können, dass Sie zumindest erfahren werden, wer Ihnen dieses Leid zugefügt hat."

Beim Abschied hielt Thilo Best ihre Hand einen Moment lang fest in seinen Händen und bedankte sich noch einmal ausdrücklich und sehr herzlich bei ihr.

Seine Frau bedachte Rita mit einem traurigen Lächeln.

„Wissen Sie, wir hatten uns unser Leben ganz anders vorgestellt. Wir hatten uns so gefreut, mit Ralph noch einen Sohn zu unserer Tochter zu bekommen und natürlich Enkelkinder. Jetzt haben wir alles verloren."

Erneut traten Tränen in ihre Augen.

„Bitte entschuldigen Sie meine Tränen, aber ich kann das alles immer noch nicht fassen. Unser Leben ist so sinnlos geworden."

Rita versprach noch einmal, nichts unversucht zu lassen, um den Mörder ihrer Tochter und Enkelin zu finden und hoffte, dass die letzte Adresse aus Angelas Polizeiakte dazu beitragen würde.

29

Das gediegene Einfamilienhaus von Beate und Norbert Neundorf im Stadtteil Rohr lag verlassen da. Ein großer, dunkelgrauer Mercedes stand in der Einfahrt. Das Gras auf der wilden Blumenwiese hinter dem Haus stand einen geschätzten Meter hoch. Die Läden an den französischen Fenstern, die zur Terrasse führten, waren geschlossen. Auf ihr Klingeln öffnete niemand. Sie probierte es noch ein paar Mal und starrte hoffnungsvoll über den Vorgarten zu dem überdachten Hauseingang hinüber. Es sah aber nicht so aus, als ob jemand zu Hause wäre.

Als sie schon im Begriff war zu gehen, tauchte plötzlich eine Frau aus der Tiefe des Gartens auf und kam direkt auf sie zu. Ihr Haar war zerzaust und ihre Kleidung verrutscht. Auf einer Hüfte stemmte sie einen in die Jahre gekommenen geflochtenen Korb mit frisch gepflückten Aprikosen.

„Haben Sie geläutet?“, fragte sie ein bisschen außer Atem und wischte sich eine widerspenstige Haarsträhne aus dem Gesicht. „Ich stand ganz oben auf der Leiter und bin nicht mehr so schnell zu Fuß.“

„Guten Tag, Frau Neundorf“, sagte Rita und dann folgte ihr altbewährter Standardsatz: „Schön, Sie zu Hause anzutreffen.“

„Ich bin nicht Frau Neundorf. Ich bin die Nachbarin“, klärte die Frau sie auf.

„Neundorfs scheinen nicht da zu sein. Ich bin Privatdetektivin und würde ihnen gern ein paar Fragen stellen“, sagte Rita und zog ihre Lizenz aus der Tasche, um die Echtheit ihrer Person und die Dringlichkeit ihres Anliegens zu unterstreichen.

Neundorfs Nachbarin nahm die Lizenz an sich und betrachtete sie lange und prüfend, bevor sie sie Rita mit der entschuldigenden Bemerkung zurückgab: „Im letzten halben Jahr wurde in unserer Straße zweimal eingebrochen. Da kann man mit Auskünften jedweder Art nicht vorsichtig genug sein. Und einer Privatdetektivin bin ich persönlich noch nie begegnet."

Dank der Lizenz von Ritas Seriosität überzeugt, sprach sie nun unbekümmert weiter.

„Neundorfs sind über längere Zeit verreist. Ich kümmere mich in ihrer Abwesenheit ein bisschen um Haus und Garten.

Sie halten sich schon seit einem Monat zu Besuch in den USA auf, genauer gesagt in Carmel, Kalifornien. Dorthin hat sich ihre Tochter Edith vor fünf Jahren verheiratet. Edith und ihr Mann haben ihre Eltern nach der Geburt ihres ersten Kind eingeladen. Ein kleiner Junge, den sie Ralph genannt haben – nach Ediths verstorbenem Bruder. Ich erwarte sie nicht vor zwei Monaten zurück. Vielleicht verlängern sie ihren Aufenthalt sogar auf ein halbes Jahr."

„Um genau diesen verstorbenen Bruder Ralph geht es in der Angelegenheit, in der ich sie dringend sprechen muss", gab Rita zu verstehen.

Die Nachbarin sah sie überrascht an.

„Wenn es um etwas Wichtiges geht, kann ich es gern an sie weiterleiten. Neundorfs haben mir die Telefonnummer ihrer Tochter hinterlassen, falls mal irgendetwas Unaufschiebbares wäre."

Sie setzte den Obstkorb auf die andere Hüfte und bat Rita, einen Moment zu warten, dann überquerte sie die Straße und ging in das Nachbarhaus gegenüber. Kurze Zeit später kam sie mit einem gefalteten Zettel in der Hand zurück.

„Ralph war ein wirklich liebenswerter Mensch. Ich kannte ihn von Kindesbeinen an. Seit er laufen konnte, gehörten unser

Haus und, vor allem, unser Garten auch zu seinem Terrain, und er hat gern mit Tiger gespielt. Tiger war unsere Katze."

Sie hielt gedankenverloren inne und seufzte.

„Wie kann ein Mensch nur erst so viel Glück und dann so viel Pech in seinem Leben haben?"

Sie sah ihr Gegenüber fragend an und Rita hoffte, dass das nicht schon das Ende ihrer Erinnerungen an den Sohn ihrer Nachbarn war.

„Ich weiß nicht, ob Sie wissen, dass seine Freundin ermordet wurde. Ermordet! Stellen Sie sich das einmal vor. Und ich mag gar nicht darüber sprechen, wie Ralph kurz danach ums Leben kam … vor lauter Kummer um seine Angela."

Sie hielt wieder einen Moment inne. Vielleicht um sich noch einmal das Ausmaß von Ralphs Leid vorzustellen.

„Und die armen Eltern. Sie waren ein paar Mal nahe dran, zu verzweifeln. Und die einzige Tochter … so weit weg. In Amerika!"

Sie schaute noch einmal kurz prüfend auf den Zettel mit der Telefonnummer in ihrer Hand, bevor sie ihn Rita übergab.

„Edith heißt jetzt Thomson mit Nachnamen. Ein schöner Name, finden Sie nicht?"

Rita stimmte ihr zu, bedankte und verabschiedete sich und fuhr zum Telefonieren direkt in ihr Büro.

30

Carmel on Sea.

Die einst so bezaubernde Doris Day – Sängerin, Schauspielerin und erklärte Hundenärrin – hatte ihren Alterswohnsitz im schönen Carmel und führte dort ein Hundehotel. Na ja, das stimmte nicht ganz. Im *Cypress Inn* waren natürlich auch die dazugehörenden Herrchen und Frauchen willkommen. Aber ohne vierbeinigen Freund hatte man vermutlich schlechte Karten. Qué Será, Será …

Sie strich den Zettel mit der langen amerikanischen Telefonnummer glatt und wollte schon mit dem Eintippen loslegen, als ihr einfiel, dass sie den Zeitunterschied zwischen der Westküste der USA und Deutschland berücksichtigen musste. Von ihren Telefonaten mit Freunden, die es vor ein paar Jahren nach Santa Barbara verschlagen hatte, wusste sie, dass sie neun Stunden zurückrechnen musste.

Auf ihrer Armbanduhr war es neunzehn Uhr, also war es in Carmel zehn Uhr morgens. Das passte. Sie tippte die Telefonnummer ein und wartete gespannt. Nach einer Weile meldete sich eine Frauenstimme.

„Hello?"

„Edith Thomson?"

„Yes", antwortete die Frauenstimme gedehnt.

„Kann ich Ihren Vater oder Ihre Mutter sprechen?"

Am anderen Ende entstand eine kleine Pause, als sei die Angerufene überrascht.

„Darf ich fragen, wer Sie sind und worum es geht?"

„Wir kennen uns nicht, Frau Thomson. Ich heiße Rita Volk, bin Privatdetektivin und rufe aus Stuttgart an. Die Nachbarin ihrer Eltern hat mir freundlicherweise ihre Telefonnummer gegeben, weil die Angelegenheit, wegen der ich anrufe, wichtig und dringend ist. Der Grund meines Anrufes ist ... sind Neuigkeiten, die sich im Zusammenhang mit der Ermordung von Angela Best und dem Selbstmord ihres Bruders ergeben haben. Darüber würde ich mich gern mit Ihren Eltern unterhalten."

„Das geht leider nicht. Die beiden sind gleich nach dem Frühstück an den Strand gegangen."

Rita fand, dass die Antwort im Ton ein bisschen feindselig klang.

„Wann soll ich es denn noch einmal versuchen?"

„Überhaupt nicht", antwortete Edith Thomson jetzt ganz unverblümt. „Ich werde meinen Eltern auch nicht von Ihrem Anruf erzählen. Sie haben beide lange und genug wegen dieser Sache gelitten, und ich möchte nicht, dass sie bis hier her von dieser unseligen Geschichte verfolgt werden. Wir haben meine Eltern für eine Weile zu uns geholt, damit sie ihr Enkelkind kennen lernen können und endlich einmal auf andere Gedanken kommen."

„Das kann ich alles sehr gut verstehen, aber der Grund meines Anrufes ist wirklich dringend", versuchte Rita den Redefluss ihrer Gesprächspartnerin zu bremsen und sie weich zu stimmen.

„Nein, das können Sie nicht!", konterte Edith Thomson prompt. „Meine Eltern haben solche Freude an dem kleinen Ralph, dass ihre Trauer um meinen Bruder jetzt schon ein bisschen in den Hintergrund gerückt ist. Sie denken nicht mehr ständig daran und reden nicht andauernd davon. Sie haben endlich damit angefangen, sich wieder über kleine einfache Dinge zu freuen, und sie lachen endlich wieder. Ich werde den Teufel tun und zulassen, dass ihnen diese Freude durch ein

Telefonat mit Ihnen verdorben wird und bitte Sie, nicht mehr hier anzurufen."

Rita hörte Edith Thomson geduldig zu. Ihre Abfuhr kam nicht wirklich überraschend für sie. Sie selbst hätte unter denselben Umständen vermutlich auch nicht anders reagiert.

„Eine Frage hätte ich noch. Wann kommen Ihre Eltern zurück nach Deutschland?"

„Das steht noch nicht fest."

Rita gab sich geschlagen. Es wäre zwecklos, jetzt noch weiter zu bohren. Bei Edith Thomson würde sie damit doch nur auf Granit stoßen.

31

„Wer hat angerufen Edi?"

Ediths Mutter kam von der Terrasse herein, wo die Familie zusammen gefrühstückt und noch ein bisschen herumgesessen und geplaudert hatte, als der Anruf kam. Sie trug ihren kleinen Enkelsohn auf dem Arm und klopfte ihm bedächtig auf den Rücken, um dem kleinen Mann ein Bäuerchen zu entlocken.

„Ach niemand Besonderes Mama. Eine Nachbarin, die ein kleines Mädchen in Ralphs Alter hat. Wir tauschen uns hin und wieder über Babykost … Tricks und Trends in der Kindererziehung und dergleichen aus."

„Ist das auch eine Deutsche?"

„Nein. Wieso?"

„Weil du am Telefon deutsch gesprochen hast."

In die danach entstandene Stille rülpste Klein-Ralph wie ein Großer und patschte danach freudig aufgeregt die weichen Händchen zusammen.

Edith sah erst ertappt zur Decke, dann beschämt zu Boden und überlegte angestrengt, wie sie sich halbwegs elegant aus dieser selbst verursachten Verstrickung befreien könnte. So klar wie sie am Telefon über den Kopf ihrer Mutter hinweg die Dinge für sie entschieden hatte, so klar war ihr auf einmal, dass ihre Mutter das nicht ohne Kommentar schlucken würde.

Und Mutter Neundorf wartete.

„Ich wollte euch schonen", begann sie deshalb vorsichtig und nebulös. „Besonders dich."

„Was redest du da für einen Blödsinn? Wenn du so anfängst, ist doch irgendwas im Busch."

„Es war eine Privatdetektivin."

„Was hast du mit einer Privatdetektivin zu tun?", fragte ihre

Mutter streng. „Gibt es Probleme? In deiner Ehe? Hast du deinem Mann etwa eine Privatdetektivin auf den Hals gehetzt?“

„Um Gottes Willen, Mama. Nein!“

„Was wollte sie dann von dir?“

Edith zögerte ein bisschen mit der Antwort. Inzwischen war ihr klar geworden, dass ihre Mutter überhaupt nicht verstehen würde, weshalb sie sie nicht ans Telefon gerufen hatte.

„Sie wollte was von dir …“

„Wie bitte?“

„… oder Papa.“

„Verrätst du mir jetzt vielleicht auch noch, worum es ging? Warum hast du nicht einen von uns ans Telefon geholt? Was ist los mit dir? Was war das für ein Anruf?“

„Es ging um Ralph.“

Ihre Mutter sah erschrocken auf den Kleinen in ihrem Arm und presste ihn unwillkürlich fester an sich. Und Edith sah ein, dass sie jetzt endlich Klartext reden musste, wenn sie sich nicht noch mehr Ärger einhandeln wollte.

„Es ging um meinen großen Bruder.“

„Ach!“, sagte Frau Neundorf und lockerte ihren Griff um das Baby. Und Klein-Ralph, der schon das Gesicht verzogen hatte, um lauthals gegen die plötzliche Umklammerung zu protestieren, beruhigte sich wieder.

„Rita Volk, so hieß die Privatdetektivin, hat angeblich Neuigkeiten im Zusammenhang mit Angelas Ermordung und Ralphs … Selbstmord. Und sie wollte wissen, ob es von eurer Seite eventuell noch irgendetwas Wichtiges gibt, was ihr der Polizei damals nicht mitgeteilt habt.“

Frau Neundorf sah kurz ihre Tochter und das Baby in ihrem Arm an, dann schweifte ihr Blick durch die Glasfront, in den Garten, über den weißen Sandstrand und das Meer, bis hin zum Horizont. Dort ließ sie ihn in der Erinnerung an ihren Sohn und ihre Schwiegertochter ein bisschen verweilen. Als ihr Blick zurückkehrte, stellte sie zu ihrer eigenen Überraschung fest, dass ihre Augen zum ersten Mal seit der Tragödie trocken geblieben waren.

„Du hättest mich mit dieser Frau reden lassen sollen."

„Das weiß ich jetzt auch, Mama. Und es tut mir auch sehr leid. Aber, wie ich schon sagte, ich dachte, ich müsste euch schonen."

„Ich weiß. Ich bin dir ja auch nicht böse. Es ist nur so, dass es tatsächlich etwas gibt, das wir der Polizei damals nicht gesagt haben, weil es uns so ... grotesk, so unglaublich erschien. Inzwischen hatten dein Vater und ich viel Zeit zum Nachdenken. Und heute sehen wir das anders. Wir haben immer wieder versucht, für uns selbst ein bisschen mehr Licht ins Dunkel zu bringen. Wir haben damals beide nicht erkannt, wie schlecht es Ralph wirklich ging und wie viel da für ihn zusammengekommen war. Ich möchte unbedingt Kontakt mit dieser Privatdetektivin aufnehmen, denn ich bin ganz sicher, dass ihr das, was wir zu sagen haben, weiterhelfen wird. Hast du dir ihre Telefonnummer notiert?"

„Nein. Aber sie erwähnte noch, dass sie aus Stuttgart anruft."

„Na ja, das ist nicht weiter schlimm. Dann versuchen wir eben, über die Auslandsauskunft an ihre Telefonnummer zu kommen. Eine Privatdetektivin, die nicht gerade von der Hand in den Mund lebt, steht mit ihrer Detektei ja bestimmt im Telefonbuch."

32

„Dr. Hauser?“

Er konnte ihre Erregung durch die Telefonleitung spüren.

„Hallo Kleo!“

„Sind Sie überrascht, dass ich mich nach so langer Zeit bei Ihnen melde?“

„Ein bisschen schon. Es ist in der Tat lange her, seit ich das letzte Mal von dir gehört habe. Obwohl ich natürlich zwischendurch immer wieder einmal an dich gedacht und mich gefragt habe, wie es dir wohl gehen mag.“

„Sie sind mir also nicht böse, dass ich die Therapie damals abgebrochen habe.“

„Natürlich nicht. Allerdings bin ich nach wie vor der Meinung, dass es schade war, dass du die Therapie frühzeitig abgebrochen hast. Du hattest bereits sehr gute Fortschritte gemacht.“

„Das mit den guten Fortschritten stimmt. Ich hatte sogar das Gefühl, dass es mir so gut geht, dass ich die Therapie nicht mehr brauche. Deshalb habe ich sie auch abgebrochen. Und wissen Sie was? Es geht mir immer noch gut.“

„Das freut mich, zu hören. Was ist denn der Grund deines Anrufs?“

Sie überlegte einen Moment, dann lachte sie leise auf, und Dr. Hauser war sich nicht ganz sicher, wie er ihr Lachen deuten sollte. Hatte es glücklich geklungen oder eher nervös?

„Es ist etwas passiert.“

Er entschied sich für eine positive Deutung.

„So, wie du das sagst, scheint es etwas Angenehmes zu sein.“

Wie zur Bestätigung lachte sie noch einmal kurz auf. Und diesmal war er sicher, dass es nervös klang, und dass auch ihr erstes Lachen nicht glücklich und entspannt geklungen hatte.

„Stimmt!"

„Möchtest du mir auch sagen was?"

Sie legte eine ziemlich lange Pause ein, so als wisse sie nicht recht, wo sie anfangen oder wie sie es am besten erklären sollte.

Dr. Hauser betrachtete derweil eine einzelne Efeuranke, die frech ins Fenster hereinragte und wartete geduldig. Er war daran gewöhnt. Warten und zuhören war das, was er bei seinen Patienten am häufigsten tat. Dann redeten sie meistens unaufgefordert und ungehemmter.

„Jemand hat sich unsterblich in mich verliebt", platzte sie endlich heraus, und dann lachte sie wieder los. Dieses Mal ein bisschen atemlos und ein bisschen irre, so als fände sie das komisch oder als könne sie es selbst nicht glauben.

„Unsterblich?"

„Ja. Ist das nicht verrückt?"

Dr. Hauser fand das in der Tat ziemlich verrückt, ganz besonders im Hinblick auf ihre Vorgeschichte, ließ sich aber nichts anmerken.

„Demnach bist du über den Verlust von ..."

Sie fiel ihm mit barschem Befehlston ins Wort. „Nicht aussprechen!"

Einen Moment schwiegen beide.

„Tut es denn immer noch so weh?", nahm Dr. Hauser die Unterhaltung vorsichtig wieder auf.

„Nichts tut mehr weh. Gar nichts. Ich will nur nicht mehr an die Vergangenheit erinnert werden", antwortete sie auf einmal schlecht gelaunt. „An gar nichts. Auch nicht von Ihnen. Warum verstehen Sie das nicht?"

„Natürlich verstehe ich das, aber ..."

„Vorbei ist vorbei", unterbrach sie ihn erneut. „Ich dachte, wir hätten meine Vergangenheit zur Genüge aufgearbeitet. Aber Sie müssen immer wieder davon anfangen."

„Es tut mir leid, wenn das so negativ bei dir ankommt. Vielleicht sollten wir besser von Angesicht zu Angesicht über deine neue Liebe reden. Möchtest du einen Termin haben?"

„Ich glaube nicht", sagte sie nach kurzem Zögern patzig. „Jetzt nicht mehr. Ich war so glücklich. Ich meine, vor dem Gespräch mit Ihnen. Sie können einem vielleicht die Laune verderben."

„Es war nicht meine Absicht, Kleo. Wirklich nicht. Vielleicht überlegst du es dir ja noch einmal und meldest dich zu einem späteren Zeitpunkt wieder bei mir. Ich würde mich freuen und ..."

Bevor er seinen Satz zu Ende bringen konnte, knackte es am anderen Ende der Leitung. Sie hatte das Gespräch abrupt beendet.

33

Nachdenklich legte Dr. Hauser den Hörer auch auf die Gabel zurück. Ungezügelt und unhöflich war sie also immer noch.

Jemand hatte sich unsterblich in sie verliebt. Unsterblich! Sehr theatralisch. Typisch Kleo. Aber was genau meinte sie damit? Da konnte er nur raten. Hatte sie es nur schwärmerisch so dahingesagt oder steckte mehr hinter ihrer Wortwahl? Hatte das Ganze womöglich eine tiefere Bedeutung? Gründe für Letzteres gäbe es sicherlich viele. Offenbar litt sie noch immer unter denselben alten Ängsten, die ihr zu nehmen er all die Jahre bemüht war. Denn wenn ihr die Vergangenheit wirklich gar nichts mehr ausmachen würde, warum dann dieses panische „Nicht aussprechen!“?

In der letzten Therapiestunde, war sie untröstlich gewesen, weil jemand sie für immer verlassen hatte. Mehr hatte sie ihm nicht verraten. Jetzt hatte sich jemand unsterblich in sie verliebt. Und darüber würde er jetzt vermutlich auch nichts weiter erfahren. Sie hatte ihn wieder einmal, wie schon so oft davor, mit Platituden und Superlativen abgespeist. Auch verwünschte er zum x-ten Mal das Telefon, weil sich der Gesprächspartner, wenn ihm der Boden unter den Füßen zu heiß wurde, einfach ausklinken konnte. Zu telefonieren passte aber zu Kleo und war typisch für ihr Verhalten. In Situationen, die brenzlig für sie werden konnten, hielt sie sich immer einen Fluchtweg offen.

Aufgefallen war ihm bei dem Telefonat sofort, dass sie wieder „jemand“ gesagt hatte, ihre Männer also nach wie vor nicht beim Namen nannte. Und erneut rätselte er herum, ob dieser Rücksichtnahme praktische Überlegungen zugrunde lagen, zum Beispiel weil die Betreffenden verheiratet waren, oder ob es sich nur um eine ihrer vielen Marotten handelte, sich interessant zu machen.

Er stand auf, ging die paar Schritte von seinem Schreibtisch zum Fenster, betrachtete die einzelne Efeuranke vor seiner Nase und sah in den großen, verwilderten Garten hinaus, der zu seinem Haus gehörte.

Efeu wohin das Auge schaute. Es wucherte überall. Umschlang jeden Baum, jeden Strauch, wand sich den Zaun entlang und wuchs an einigen Stellen bereits am Haus hoch. Nahm allmählich alles in Besitz und drohte alles darunter zu ersticken. Ein beklemmendes Gefühl kroch in ihm hoch, und er öffnete den Mund, um tief Luft zu holen. Wo war er stehen geblieben?

Rücksichtnahme konnte er bei ihr wohl ausschließen. Marotte traf es eher. Bei ihren vielen Gesprächen in der Vergangenheit hatte sie ihn ein paar Mal mit dermaßen ungewöhnlichen Erklärungen für ihre verrückten Handlungen überrascht, dass er wider besseres Wissen nicht sofort in der Lage gewesen war, angemessen darauf zu reagieren. Keinem seiner anderen Patienten war das je gelungen, und es hatte ihn jedes Mal aufs Neue geärgert.

Nach seinem Dafürhalten war sie längst noch nicht über den Berg. Ihre Einfälle waren noch genauso unüberlegt und ihre Stimmungsschwankungen genauso unberechenbar wie er es von ihr kannte. Ihr Anruf war das beste Beispiel dafür. Weshalb hatte sie ihn angerufen? Was war ihr Problem? Hatte sie überhaupt eines?

Er ging zum Schreibtisch zurück und drückte auf die Taste seiner Telefonanlage, die seine Sprechstundenhilfe herbeirief und bat sie, ihm Kleos Akte zu bringen.

Er kannte Kleo seit ihrer Kindheit. Seit dem Tag, an dem ihr Vater, der selber Arzt war aber kein Psychologe, sie im Alter von zwölf zu ihm gebracht hatte, weil sie aufgrund dessen, was sie mit ihrer Mutter in der Brandnacht erlebt hatte, schwer traumatisiert war. Eine Zeitlang hatte er auch ihn behandelt, weil er sich eine gewisse Mitschuld an dem furchtbaren Ereignis gab und lange nicht über den Tod seiner beiden kleinen Söhne hinwegkam. Vor dem Unglück waren sie eine glückliche fünfköpfige Familie gewesen, so dachten zumindest alle die sie kannten, die in einer einzigen Nacht auf zwei Familienmitglieder reduziert worden war – eigentlich auf drei. Aber Nummer drei zählte anders …

Hatte es geklopft?

Er rief „Herein!“, und seine Sprechstundenhilfe trat ein und händigte ihm Kleos umfangreiche Akte aus. Er bedankte sich bei ihr und dabei fiel sein Blick auf ihr elfenbeinfarbenes Halstuch, das an den Rändern mit einer grünen Girlande aus dichtem Blätterwerk abschloss.

„Sie müssen dringend einen Gärtner ausfindig machen, der endlich mit dem Efeu im Garten aufräumt.“

Die Sprechstundenhilfe warf einen Blick aus dem Fenster.

„Mein Bruder ist Gärtner. Soll ich den mal fragen?“

„Unbedingt! Warum haben Sie das nicht schon früher einmal gesagt? Von mir aus kann er gleich morgen früh anfangen.“

Sie sah ihn verdutzt an. Dann nickte sie und ging zurück in ihr Büro, setzte sich an ihren Schreibtisch, fasste nach ihrer Handtasche, die neben dem Schreibtisch auf dem Boden stand, holte ihr Adressbuch heraus und suchte nach der Telefonnummer der Gärtnerei, bei der ihr Bruder arbeitete.

34

Aber Nummer drei zählte anders …

Dr. Hauser überlegte kurz, ob er in Kleos Akte hineinschauen sollte, die jetzt irgendwie provokativ vor ihm auf dem Schreibtisch lag und ohne Umschweife Erinnerungen an die schreckliche Tragödie in ihm wachrief. Er entschied sich dagegen und lehnte sich in seinem Sessel zurück.

Nummer drei war Kleos Mutter, eine stolze und eigensinnige Frau, die den verheerenden Hausbrand gelegt hatte, um ihre Kinder umzubringen und damit ihren Mann zu bestrafen. Auf dem Polizeirevier fand man in ihrer Handtasche den datierten Beleg für den Kauf der in dem zerstörten Haus gefundenen Benzinkanister.

Vor Gericht hatte sie behauptet, die Tat sei spontan geschehen. Sie wäre wegen des kontinuierlichen Ehebruchs ihres Mannes plötzlich wie von Sinnen gewesen. Doch die Beweise sprachen dagegen, und der unkontrollierbare Hass auf ihren Mann ließ sie während der Verhandlung immer wieder ungewollt Dinge sagen, die einem spontanen Geschehen absolut widersprachen. Und auch die Spuren, die Brandexperten nach Abschluss der Löscharbeiten fanden und auswerteten, deuteten auf eine sorgfältig geplante Tat hin. Benzin und Brandbeschleuniger waren überall im Haus verteilt worden – insbesondere im oberen Stockwerk, wo sich die Schlafzimmer der Kinder befanden.

In Wirklichkeit sei sie ganz pragmatisch vorgegangen. So der Staatsanwalt. Nachdem es ein paar Tage vor der Tat wieder einmal zu einem heftigen Streit zwischen ihrem Mann und ihr gekommen war, der darin gipfelte, dass ihr Mann sich endgültig von ihr lossagte, die Scheidung verlangte und zu seiner Geliebten flüchtete, beschloss sie, ihm eine Lektion zu erteilen.

Sie wusste genau, wie schwer ihn der Verlust seiner Kinder treffen würde.

Dieser letzten Auseinandersetzung war eine qualvolle Zeit des Auseinanderlebens vorausgegangen, während der sie, gegen seinen Willen und wider alle Vernunft, fest entschlossen war, die Familie zusammenzuhalten. Gründe dafür gab es in ihren Augen viele.

Sie genoss das Ansehen ihres Mannes als Arzt, der beruflich großen Erfolg hatte und von seinen Patienten geliebt und von den Kollegen geschätzt wurde. Auch im Freundes- und Bekanntenkreis kam der begeisterte und anerkannte Hobby-Ägyptologe gut an. Und sie war stolz auf ihre eigene Leistung. Bis zur Geburt der beiden kleinen Söhne hatte sie als Ärztin in demselben Krankenhaus gearbeitet wie ihr Mann, und ihr Ehrgeiz, ihre Qualifikation und ihre Einsatzbereitschaft waren im Kollegenkreis ebenfalls nicht unbemerkt geblieben. Sie hatte immer gefunden, dass sie eine richtige Vorzeige-Familie waren. Darüber hinaus hing sie an den vertrauten Gewohnheiten und Annehmlichkeiten, die mit ihrem Lebensstil auf hohem Niveau einhergingen. Und sie war keinesfalls gewillt, das Feld für eine andere zu räumen.

Ihr Mann dagegen hatte schon lange vorher reinen Tisch machen wollen und sie nach dem erzwungenen letzten gemeinsamen Urlaub regelrecht bekniet, ihn endlich freizugeben. Sie hatte ihm aber wieder nur damit gedroht, dass wenn er sie verlasse, er seine Kinder nie wiedersehen werde. Die Kinder waren ihr einziges Druckmittel, und ihr Mann hatte angenommen, es ginge darum, wem sie nach der Scheidung zugesprochen würden, um Besuchsrecht oder Ähnliches und hoffte, dass sich das mit der Zeit schon irgendwie einrenken würde. Dass er seine Kinder für immer verlieren könnte und dazu noch auf so grausame Weise, wäre ihm nie in den Sinn gekommen.

Grüblerisch betrachtete Dr. Hauser die Akte vor sich auf dem Schreibtisch, in der so viel menschliches Versagen und so viel Leid steckten, bevor er in Gedanken ein paar weitere Seiten erzählten Lebens an sich vorüberziehen ließ.

Kleo, die mit der Geburt ihrer beiden nachfolgenden Brüder das Gefühl hatte, von der Bühne in den Zuschauerraum verdrängt worden zu sein und sich davor schon von ihrer Mutter vernachlässigt und ungeliebt gefühlt hatte, war die Einzige, die sich aus dem brennenden Haus retten konnte.

Sie war in der Schreckensnacht mit Husten und Atemnot in ihrem rauchgeschwängerten Kinderzimmer aufgewacht und panisch in die Richtung gerannt, in der die Flammen noch nicht ganz so hoch schlugen, und auf einen Vorsprung des Dachs geklettert, von wo aus sie ihre Mutter regungslos im Garten stehen sah – vollkommen in den Anblick des brennenden Hauses versunken, bis sie ihre Tochter auf dem Dach entdeckte und sofort dazu ermunterte, hinunterzuspringen.

„Keine Angst, spring nur! Ich fang dich auf!“, hatte sie gegen das tobende Feuer angeschrien und ihre Arme ausgebreitet. Und Kleo war, als die rasenden Flammen immer näher kamen, in einer Mischung aus Todesangst und kindlichem Vertrauen hinuntergesprungen.

In Mutters Arme. In Sicherheit.

Aber ihre Mutter war, während Kleo auf sie zuflog, mit irrem Lachen plötzlich einen Schritt zurückgetreten, so dass Kleo hart vor ihren Füßen auf den Boden aufschlug.

Danach hatte sie sich weder zu ihr herabgebeugt, um zu sehen, wie es ihr ging, noch Anstalten gemacht, ihr aufzuhelfen. Sie hatte nur weiter gelacht wie eine Irre, bis die Nachbarn kamen und sie beide in Sicherheit brachten.

Später behauptete ihre Mutter, sie habe sich damals nicht von der Stelle gerührt und gelacht hätte sie nur, weil sie wegen des brennenden Hauses vollkommen durchgedreht sei. Aber Kleo nahm ihr das nicht ab. Sie wusste schließlich, was sie gesehen hatte. Ihre Mutter hatte den unfassbaren Schritt zurück getan, und dieser schreckliche Moment hatte sich unauslöschlich in ihrem Gedächtnis eingebrannt.

Manchmal löste etwas völlig Harmloses wie das Geräusch des Anreißens eines Streichholzes, das Herabfallen oder Knistern eines Holzscheits in einem Kamin oder einfach der Geruch von Qualm oder Feuer, das furchtbare Geschehen wieder in ihr aus. Und dann lief der immer gleiche Horrorstreifen vor ihrem inneren Auge ab. Ein Albtraum in rot, dessen grausamen Ablauf sie ihm ein paar Mal eindinglich und immer mit denselben gehetzten Worten geschildert hatte:

Sie wacht auf und sieht die lodernden Flammen, riecht den beißenden Rauch, hört das Knacken und Krachen im Gebälk. Sie erkennt die Aussichtslosigkeit ihrer Lage und hat panische Angst vor dem Tod. Ihr gelingt die Flucht aufs Dach, und sie ist erleichtert, als sie ihre Mutter unten im Garten stehen sieht. Sie hört ihre Aufforderung zu springen und ihr Versprechen sie aufzufangen. Sie durchlebt Schrecksekunden der Furcht vor dem rettenden Sprung in die Tiefe und überwindet ihre Angst. Danach beginnt der unwirkliche, zeitlupenlange Fall in die Tiefe. Sie nimmt erschrocken das näher kommende Gesicht ihrer Mutter wahr, auf dem sich anstelle des aufmunternden Lächelns auf einmal Unglauben und Wut widerspiegeln. Hört ihr irres Lachen und registriert im Bruchteil einer Sekunde, wie ihre Mutter plötzlich die Arme eng an ihren Körper presst und einen Schritt zurücktritt. Dann spürt sie die Wucht des Aufpralls ihres Körpers auf dem Boden.

Sie hatte bei dem Sturz vom Dach großes Glück gehabt und sich lediglich eine Gehirnerschütterung zugezogen und den linken Fuß gebrochen. Ihre beiden kleinen Brüder wurden vom Feuer eingeschlossen und verbrannten bei lebendigem Leib. Jeder, der später die grauenvollen Details hörte, hoffte inbrünstig, dass die beiden im Schlaf von dem Feuer überrascht wurden und dass sie nicht leiden mussten. Ihr Vater brach weinend zusammen, als man ihm die Nachricht überbrachte.

Das Haus war nur noch eine Brandruine, und die Nachbarn reagierten schockiert und entsetzt darüber, was in dieser Nacht in ihrer unmittelbaren Nähe passiert war. Am meisten schockierte sie aber, wer dafür verantwortlich gemacht wurde. Kleos Mutter war es nämlich nicht gelungen, Polizei und Feuerwehr lange an der Nase herumzuführen. Und die Nachricht machte schnell die Runde. Sie wurde noch am selben Tag verhört, kam sofort in Untersuchungshaft und wurde, nach einer rasch darauf folgenden Gerichtverhandlung, zu einer lebenslangen Haftstrafe verurteilt.

Nach dem Unglück lebte Kleo in einem neuen Haus zwei Jahre lang allein mit ihrem Vater zusammen. Und da sie das einzige seiner Kinder war, das überlebt hatte, begann er sie maßlos zu vergöttern. Las ihr jeden Wunsch von den Augen ab, zeigte für alles, was sie tat, Verständnis und nannte sie zärtlich seine kleine Kleo, als ihr rabenschwarzer Pagenkopf in den chaotischen Monaten nach dem Unglück bis auf die Schultern ausgewachsen war und den Hobby-Ägyptologen an die klassische Haartracht von Kleopatra erinnerte. Den geraden Pony hatte er ihr ein paar Mal eigenhändig gestutzt.

Kleo war begeistert von ihrem neuen Kosenamen, der ungeteilten Aufmerksamkeit und den neuen Freiheiten, die sie plötzlich genoss und beschloss, ihren Vater nie mehr mit irgendjemandem zu teilen.

Als der jedoch die Frau, wegen der ihre Mutter die Familie zerstört hatte, heiratete und sie zu ihnen zog, spürte Kleo, dass sie ab sofort nicht mehr der Mittelpunkt im Leben ihres Vaters war. Sie gab ihrer Stiefmutter die Schuld daran und begann sie zu hassen und sie auf vielfältige Weise zu traktieren.

Als die Auflehnung und die Attacken gegen ihre Stiefmutter mit den Jahren immer heftiger und immer gefährlicher wurden, sah sich ihr Vater schließlich gezwungen, ihr eine eigene Wohnung zu besorgen, um dem ständigen häuslichen Terror ein Ende zu bereiten.

Derart vom Vater abgeschoben und im Stich gelassen, wie sie meinte, sann Kleo auf Rache und fing an, Kontakt mit ihrer Mutter aufzunehmen, sie im Gefängnis zu besuchen und erneut um ihre Liebe und Aufmerksamkeit zu buhlen. Ihre Mutter interessierte sich aber auch jetzt keinen Deut mehr für sie als früher und nahm ihre Anwesenheit lediglich zum Anlass, ständig neue Beschwerden über ihre nicht standesgemäße Unterbringung bei ihr loszuwerden und ihrem Mann die Schuld dafür zu geben. Und sie hielt Kleo auf Trapp, indem sie ihr Bücher besorgen sollte, die es in der Gefängnisbibliothek nicht gab, oder dachte sich andere Botengänge aus, die Kleo für sie erledigen musste.

Enttäuscht und verletzt stellte Kleo schließlich ihre Besuche im Gefängnis ein und gab die Hoffnung auf Mutterliebe auf. Zum Glück entdeckte sie etwa zur gleichen Zeit das andere Geschlecht und die romantische Liebe für sich, so dass auf bittere Enttäuschung bald süße Euphorie folgte.

Anfangs verwechselte sie die Anmache der Männer mit Aufmerksamkeit und fühlte sich an die Zeit mit ihrem Vater erinnert, als er ihr noch allein gehörte und sie sein Ein und Alles, seine Prinzessin, seine kleine Kleo war. Dann verwechselte sie Sex mit Liebe. Bis ihr das jedoch so richtig bewusst wurde, waren Männer für sie schon zur fixen Idee geworden und die romantische Liebe zur Droge.

Zuletzt, so Dr. Hausers Eindruck, taumelte sie von einem zum andern. Ihr Liebeskarussell stand überhaupt nicht mehr still, und mit jeder Runde verfestigten sich ihre ureigenen phantastischen Ansichten über die Liebe.

Wie durch ein Wunder war sie bei keiner ihrer vielen Romanzen schwanger geworden oder hatte sich mit Aids infiziert. Als er sie einmal darauf ansprach, wie gefährlich ihr Lebenswandel war, lachte sie nur übermütig und schlug sämtliche Warnungen in den Wind. Über Verhütung ließ sie gar nicht mit sich reden und trug in dieser Hinsicht eine Kamikaze-Haltung zur Schau, die ihm jetzt noch kalte Schauer über den Rücken jagte.

Bei ihrem letzten Besuch hatte er sie noch einmal auf das Thema Männer und Liebe angesprochen und ihr vorgeschlagen, es doch ein bisschen weniger hektisch anzugehen. Aber sie hatte nur frech suggeriert, dass er wohl eifersüchtig sei, ihn einen Spielverderber genannt und eine viel versprechende neue Therapie abgebrochen. Anscheinend konnte nichts und niemand sie stoppen. In puncto Liebe hörte sie nur auf ihre eigene innere Stimme.

Ein Klopfen an der Tür unterbrach Dr. Hausers Gedankengang. Es war seine Sprechstundenhilfe, die ihren Kopf ins Zimmer streckte, um sich von ihm zu verabschieden.

Er winkte ihr zu, dann riss er ein neues Blatt aus einem großen gelochten Schreibblock, notierte Kleos Anruf, machte ein paar Anmerkungen dazu und heftete das Blatt in ihrer Akte ab.

35

Kleo war wütend. Richtig wütend. Warum hatte sie nicht auf ihre innere Stimme gehört? Sie hätte sich denken können, wie das Telefonat mit Dr. Hauser ausgehen würde. Sie hätte ihn nicht anrufen sollen. Immer wieder wühlte er als Erstes in ihrer Vergangenheit herum. Er kannte ihr Vorleben ja bald besser als sie selbst. Und ständig kramte er Dinge aus, die sie vergessen wollte. Wozu sollte das gut sein? Sie hasste ihn dafür.

Nachdem sie Dr. Hauser mitten im Satz weggedrückt hatte, starrte sie einen Moment wutentbrannt auf das Handy in ihrer Hand, als sei der kleine Handschmeichler verantwortlich für das misslungene Gespräch. Dann klappte sie es zu und schmiss es in ihre Handtasche, die offen auf dem Beifahrersitz stand. Auf dieses Telefonat brauchte sie jetzt eine Seelenmassage der weniger komplizierten Art! Und sie beschloss, auf dem Nachhauseweg kurz bei einer der gut sortierten Parfümerien von Douglas anzuhalten und sich endlich das richtige Aftershave ihres verreisten Lieblings zu kaufen.

Kurze Zeit später stand sie in der Abteilung für Herren-Düfte und sah sich immer ungeduldiger nach Brut um, weil sie es auf Anhieb nicht finden konnte. Sie lief hin und her und wurde immer nervöser, denn der Test-Flakon einer anderen Marke war bei ihrer aufgeregten Suche fast zu Bruch gegangen.

Eine Verkäuferin, die gerade frei wurde und sie schon eine Weile aus dem Augenwinkel beobachtet hatte, konnte ihr problemlos weiterhelfen und fragte, ob sie ihr den Duft auf einen Papierstreifen oder auf die Hand sprühen dürfe. Kleo, froh dass sich jemand ihrer annahm, lachte übermütig. Diese Verkäuferin musste absolut von Sinnen sein.

„Vielen Dank“, erwiderte sie immer noch vergnügt lachend, „aber das ist wirklich nicht nötig. Ich kenne den Duft.“

„Ist es ein Geschenk?“

„Ja. Für meinen Verlobten. Er hat Geburtstag.“

„Soll ich es Ihnen hübsch verpacken?“

„Wenn Sie so nett wären.“

Die Verkäuferin ging zum Einwickeltisch und jemand berührte Kleo am Ellenbogen. Sie zuckte zusammen und fuhr herum.

„Nicht erschrecken. Ich bin’s.“

Es war ihre neue Kollegin Yvonne Kayser, mit der sie sich seit sechs Wochen das Vorzimmer der Geschäftsleitung teilte.

„Sie sind vielleicht eine Geheimniskrämerin! Habe ich da eben richtig gehört? Sie sind verlobt?“

Kleo überlegte kurz, dann nickte sie freudestrahlend.

Ihre Kollegin trat überrascht einen Schritt zurück.

„Seit wann denn? Sie haben noch nie von ihrem Verlobten gesprochen?“

„Na ja ... Sie und ich ... Ich meine, wir kennen uns ja noch nicht so gut, und es gab bislang noch keine wirklich passende Gelegenheit, über Privates zu sprechen.“

Yvonne Kayser warf den Kopf zurück, legte eine Hand auf ihr Herz und lachte belustigt auf.

„Ich rede andauernd von meinen Mann. Achim dies ... Achim das ... Vermutlich denken Sie, ich sei eine dieser vollkommen unselbständigen Idiotinnen, die gar nichts ohne ihren Mann machen.“

Kleo kommentierte das nicht, sondern begann damit, wild und orientierungslos in ihrer großen Handtasche herumzukramen, bis sie ein wenig atemlos ihr Portemonnaie herauszog, es aufklappte und ihrer Kollegin stolz das Foto von Phil unter die Nase hielt.

„Ich hole das hiermit nach. Das ist er … mein heimlicher Verlobter."

Yvonne Kayser starrte eine Weile verblüfft auf das Foto.

„Jetzt ist mir allerdings klar, warum Sie ihn so unter Verschluss gehalten haben. Der Mann sieht ja aus wie ein Model!"

Kleo klappte das Portemonnaie wieder zu, behielt es aber in der Hand und sah sich nach ihrer Verkäuferin um.

„Er ist ein Bademoden- und Wäschemodel", sagte sie mit unverhohlenem Triumph in der Stimme. „Aber bitte, Frau Kayser, das muss unter uns bleiben. Das müssen Sie mir versprechen."

Das Geheimhaltungsgebot überraschte und verwirrte Yvonne Kayser ein bisschen, und sie konnte es auch überhaupt nicht nachvollziehen.

„Warum wollen Sie denn nicht, dass man … Entschuldigen Sie, das geht mich nun wirklich nichts an. Selbstverständlich bleibt das unter uns."

Kleo nickte zufrieden und machte Anstalten zu gehen.

„So, jetzt muss ich aber weiter. Ich muss nämlich noch ein kleines Gastgeschenk kaufen. Dann bis morgen!"

„Bis morgen!", grüßte Yvonne Kayser zurück und sah der Davoneilenden nachdenklich hinterher.

War es sein unkonventioneller Beruf oder eher seine Hautfarbe, weshalb sie ihren Verlobten regelrecht versteckte. Dabei sah er wirklich phantastisch aus. Sie war schon eine extrem zurückhaltende und verschlossene Frau. Jede andere hätte sich sein Bild auf die Stirn tätowieren lassen!

Aber zugetraut hätte sie ihrer Kollegin einen solchen Mann nicht. Wie man sich doch in seinen Mitmenschen täuschen konnte. Sie hätte geschworen, ihre Kollegin wäre der Prototyp des überzeugten Singles. Sie hatte noch nie von irgendeinem Mann gesprochen, und nie zuvor hatte sie diesen Verlobten ihr gegenüber erwähnt oder in ihrer Anwesenheit vom Büro aus mit ihm telefoniert. Und auch jetzt hatte sie nicht einmal seinen Namen genannt.

Yvonne Kayser versuchte, sich an ihre erste Begegnung mit der Kollegin im Büro ihres gemeinsamen Chefs zu erinnern, als er sie einander vorgestellt hatte, und ließ ihre seitdem gemeinsam verbrachte Zeit im Vorzimmer Revue passieren. Sie versuchte, sich an die Themen ihrer Gespräche während dieser gesamten Zeit zu erinnern. Doch so sehr sie sich auch bemühte, nichts, aber auch gar nichts, hatte auf das Geheimnis ihrer Kollegin hingedeutet.

Anfangs hatte sie sich schon eine etwas geselligere Kollegin gewünscht. Eine, mit der man über die vielen kleinen Vorkommnisse des Alltags reden konnte, wie das die meisten taten. Aber ihre Kollegin saß selbst beim Mittagessen in der Werkskantine am liebsten allein an einem Tisch oder mit jemandem aus einer anderen Abteilung zusammen, mit dem sie kein Wort wechseln musste.

Sie war bisher nicht recht klug aus ihr geworden, und die letzte Begegnung hatte definitiv auch nicht dazu beigetragen, etwas daran zu ändern. Aber wenn es nach ihr ging, musste sich auch nicht unbedingt etwas verändern. Sie mussten nicht privater werden oder sich mehr füreinander erwärmen als bisher. Für die Firma und den Job reichte es allemal.

36

Rita, die aus sicherer Distanz wieder einmal die Tuning-Werkstatt von Kemal Öktemer observierte, um Dobraz endgültig auf die Schliche zu kommen, was seine Gesichtsblindheit anbetraf, wollte gerade aufgeben und ins Büro fahren, als er umgezogen, die schwarzen Haare frisch gestylt und die hellen Augen hinter einer schmalen Sonnenbrille verborgen, unternehmungslustig vor die Tür trat.

Elvis on Tour sah dem Milan Dobraz auf dem Polizeifoto so wenig ähnlich wie ein Igel einer Schlange. Keiner, der ihm nur flüchtig begegnet war, hätte ihn in dieser Aufmachung sofort wiedererkannt. Selbst Wildermuth hätte Schwierigkeiten gehabt. Das war aber offenbar nicht der Grund, weshalb er sich nicht vorsichtig nach allen Seiten umsah, bevor er aus der Werkstatt trat. Er tat es nie. Seine Dreistigkeit in diesem Punkt verblüffte sie immer wieder aufs Neue.

Selbstsicher versenkte er seine Hände lässig in den Hosentaschen und marschierte gut gelaunt die Treppen hoch zur Eisenbahnbrücke, überquerte sie zügig und ging den kleinen Fußweg hinunter zur Nordbahnhofstraße, als habe er ein ganz bestimmtes Ziel im Kopf und zwar eines, auf das er sich freute.

Rita folgte ihm in sicherem Abstand.

Sie kamen an Öktemers altem Backsteinhaus vorbei, in dem Dobraz, wie sie von ihren Observationen wusste, Unterschlupf gefunden hatte. Vermutlich im Zimmer von Boran. Im Vorbeigehen schaute er kurz zum Haus hinüber, dann ging er zügig weiter die Nordbahnhofstraße hinunter bis zu einem kleinen Lokal namens *Stellwerk 9*, das unübersehbar von Schwabenbräu beliefert wurde und sich mitten im Eisenbahnerdörfle befand.

Vermutlich verdankte Dobraz sein unverschämtes Glück, immer noch frei und unbehelligt herumlaufen zu können, dem überschaubaren Radius des Nordbahnhofsviertels, in dem er geboren wurde, in dem er sich seit seinen Kindertagen auskannte und wo ihn jeder kannte. Wo er sich wie unsichtbar bewegen konnte und nicht ständig Gefahr lief jemandem zu begegnen, der ihm nicht wohl gesonnen oder gar hinter ihm her war.

Aber zu welchem Preis!

Was war das für ein zahmes, langweiliges Leben für einen draufgängerischen und unkonventionellen Burschen, als den sie ihn einschätzte? Jeden Tag dasselbe Einerlei in der Tuning-Werkstatt. Und nach Feierabend? Ersatzsohn für Öktemer spielen? Hin und wieder einen Kneipenbesuch oder ähnliches im Viertel wagen? Das hörte sich für sie nicht gerade nach der Art Leben an, von dem ein Typ wie er träumte.

Als sie das *Stellwerk 9* kurz nach ihm betrat, stand er schon mit einem Glas Bier an der Theke und schäkerte mit der Kellnerin, einer ziemlich scharfen Braut in einem Mini-Kleid, das auch oben herum keine Wünsche offen ließ. Die beiden gingen so vertraut miteinander um, als wären sie ein Paar, und Dobraz' Augen hatten sich bereits träumerisch an ihrem üppigen Dekollete festgesaugt. Rita nahm alles zurück. Offenbar verlief sein Leben nicht halb so eintönig, wie sie gerade eben noch angenommen hatte.

Beide hatten zwar leidlich Notiz von ihr genommen, als sie rein kam, und kurz desinteressiert zur Tür hingesehen, sich dann aber unverzüglich wieder einander zugewandt.

Rita stellte sich in einiger Entfernung ebenfalls an die Theke und versuchte die Kellnerin auf sich aufmerksam zu machen, was gar nicht so einfach war. Aber rufen wollte sie sie nicht, damit Dobraz sie nicht an der Stimme erkannte. Schließlich gelang es ihr durch Handzeichen, die junge Frau auf sich aufmerksam zu machen. Sie riss sich von Dobraz los und kam mit aufreizendem Gang auf sie zu. Dobraz stellte sein Bier auf den Tresen und starrte wie hypnotisiert auf ihr Hinterteil.

Rita bestellte sich das erste der fünf Gerichte auf der Speisekarte: Leberkäse mit Spiegelei und Bratkartoffeln, dazu ein kleines Bier. Und während der gesamten Zeit begaffte Dobraz wie in Trance den Hintern seiner Kellnerin und würdigte sie, Rita, keines Blickes. Dasselbe Spiel wiederholte sich, als sie ihr das Bier brachte. Erst als die Gute in die Küche ging, um ihre Bestellung aufzugeben oder sie selber zuzubereiten, hatte er Gelegenheit, sich zu entspannen. Er hob sein Glas, bog den Kopf zurück und genehmigte sich mit geschlossenen Augen einen wohlverdienten Schluck.

Das war ihre Gelegenheit. Jetzt musste sie handeln.

Sie stieß absichtlich gegen den schweren, voll bestückten Brezelhalter aus Schmiedeeisen, der in Reichweite auf dem Tresen stand. Er krachte auf einen Barhocker, hinterließ dort eine hässliche Macke, und stürzte dann mit viel Getöse auf den frisch gebohnerten Holzfußboden. Die Brezeln verteilten sich um den ganzen Tresen herum.

Hilfsbereit, wie sie ihn eingeschätzt hatte, sprang er auf, stellte erst den Brezelhalter wieder auf seinen Platz auf dem Tresen zurück, dann ging er in die Hocke und half ihr mit einer lustigen Bemerkung, die sie lachend quittierte, beim Einsammeln der Brezeln. Sie taten das in nächster Nähe und sahen sich dabei ein paar Mal mitten ins Gesicht. Rita beobachtete ihn dabei genau und kam zu dem Schluss, dass seine Gesichtsblindheit echt war. Den Hintern seiner Kellnerin hätte er vermutlich unter Tausenden wiedererkannt, aber ihr, Ritas, Gesicht … keine Chance.

„Danke, Elvis."

Er zuckte zusammen und sah sie auf die bereits hinlänglich bekannte Weise des stark Kurzsichtigen an.

„Sie, Frau Volk?"

„Gratuliere. Offenbar funktionieren Ihre Ohren und Ihr Namensgedächtnis einwandfrei. Sie haben den Test bestanden. Ich nehme Ihnen ab, dass sie gesichtsblind sind, auch wenn es schmerzt. Und Sie können sich darauf verlassen, dass ich meinen Teil der Abmachung einhalte. Aber ich muss Sie warnen. Liefern Sie keine neuen Schlagzeilen, in denen die Worte ‚Eldorado' oder ‚Autoknacker' vorkommen."

„Ganz bestimmt nicht", versprach er, gab ihr die Hand darauf und knipste sein Draufgängerlächeln an.

Und da kam auch schon seine Kellnerin zurück. Rita nahm sie zur Seite, murmelte eine Entschuldigung und sagte, sie solle ihr die Brezeln auf die Rechnung setzen. Dann zog sie sich zurück auf ihren Platz.

Dobraz und seine Kellnerin nahmen ihre gegenseitige Anbetung sofort wieder auf, bis nach und nach die anderen Gäste eintröpfelten, sich um den Tresen scharten und das Lokal besetzten und die Dienste seiner Traumfrau immer mehr in Anspruch nahmen. Rita widmete sich währenddessen ausschließlich ihrem Essen, und als sie satt und zufrieden von ihrem Teller aufschaute, war Dobraz verschwunden und seine hübsche Kellnerin zur Höchstform aufgelaufen.

37

„Das Old Spice“, sagte Phil lakonisch.

Er war aus Hawaii zurück, und sie hatte ihn gerade vom Flughafen abgeholt und nach Hause gebracht.

Nun saßen sie mit einer Flasche Moët & Chandon auf seinem Balkon, in ihren Pappbechern knackte das Eis, und Rita löcherte ihn mit Fragen. Sie suchte immer noch händeringend nach irgendeinem Anhaltspunkt, der ihn im Mordfall Nicole Fischer eventuell entlasten könnte.

Am Himmel rundum türmten sich bereits seit geraumer Zeit bedrohliche Wolkenwände. Ein Sommergewitter braute sich zusammen, das, wie es aussah, alle bisherigen in den Schatten stellen würde. Beide hatten schon die üblichen Bemerkungen zum Wetter gemacht, das sich in letzter Zeit immer unberechenbarer gebärde, und sie hatten über die schier unerträgliche Schwüle geklagt.

„Kannst du dir vorstellen, wohin dein Old Spice verschwunden ist?“

Er schüttelte den Kopf.

„Vielleicht hast du es bei deinem Umzug hierher ja gar nicht eingepackt.“

„Auch möglich.“

„Du hast gesagt, dass du es geschenkt bekommen aber nie benutzt hast, weil es so roch wie es heißt.“

Er nickte.

„Vielleicht hast du es weggeworfen, oder es ist dir runtergefallen und kaputtgegangen?“

„Keine Ahnung. Wirklich.“

„Du hast doch inzwischen keine Putzfrau engagiert, oder?“

„Nein. Aber das ist gar keine schlechte Idee.“

„Ist dir in letzter Zeit sonst irgendetwas Ungewöhnliches aufgefallen, auch wenn du das persönlich bis jetzt nicht so gesehen oder wichtig genommen hast … nicht nur in deiner Wohnung."

Er warf den Kopf in den Nacken und starrte nachdenklich in den düsteren Himmel.

„Was ist mit Veränderungen in deinem Job? Neue Kollegen? Ein missgünstiger Konkurrent? Ein Wechsel? Irgendetwas in dieser Richtung? Nun lass dir doch nicht jedes Wort einzeln aus der Nase ziehen."

Er bemühte sich ernsthaft, sich an etwas Ungewöhnliches oder Auffälliges zu erinnern, schüttelte dann aber langsam und mit herabgezogenen Mundwinkeln den Kopf.

„Bist du ganz sicher? Denk noch einmal nach."

Er ging noch einmal kurz in sich und seine Miene erhellte sich.

„Na ja, du erinnerst dich vielleicht. An dem Tag, an dem du mich zur Tuning-Werkstatt gefahren hast, habe ich mein Cowboyhemd vermisst, und es ist seitdem nicht wieder aufgetaucht. Entweder habe ich es verloren oder jemand hat es mir geklaut."

„Wo verloren? Wo geklaut?"

Er zog bedauernd die Schultern hoch.

„Ach ja, jetzt fällt mir noch etwas ein. Ich vermisse auch ein Foto von mir."

„Du scherzt."

„Ein Privatfoto. Es lag eine Weile auf meinem Schreibtisch herum, weil ich es bei nächster Gelegenheit meiner Mutter mitbringen wollte. Sie hat sich dieses spezielle Foto von mir für Ihr Portemonnaie gewünscht. Du weißt doch, wie Mütter sind."

„Seit wann vermisst du dieses Foto?"

„Kann ich dir nicht sagen. Ich bin so viel unterwegs … die vielen verschiedenen Flughäfen, Hotels, Restaurants und Bars

… die vielen unterschiedlichen Shooting-Plätze … die viele Hektik …“

Erschöpft hielt er inne.

„Du hast bei deiner Aufzählung die vielen unwiderstehlichen Frauen vergessen. Aber Spaß beiseite, du musst wirklich versuchen, dich zu erinnern. Wir kommen sonst nicht weiter. Jeder noch so kleine Hinweis könnte ein Treffer sein.“

„Ich würde dir in meinem eigenen Interesse wirklich gerne helfen, das darfst du mir glauben. Aber bei dem ganzen Reisestress verliere ich manchmal nicht nur jegliches Zeitgefühl sondern kann mich oft auch nicht mehr erinnern, wo ich was erlebt, gekauft oder verloren habe. Ich kann mich also täuschen. Und wahrscheinlich wäre das meiste sowieso unwichtiges …“

„Was wichtig ist oder nicht, entscheide ich.“

Er lachte.

„Du bist der Boss!“

„Vielleicht hat Nicole die Sachen mitgenommen.“

„Vielleicht.“

„Hat sie denn Interesse an dem Cowboyhemd oder an dem Foto bekundet?“

„Ich kann mich nicht erinnern.“

Sie seufzte.

„Du machst es mir wirklich nicht leicht.“

„Tut mir leid.“

Sein Handy klingelte. Er stand auf, ging ins Wohnzimmer und meldete sich.

„Hallo Carla!“

Den Namen hatte Rita vorher noch nie gehört, und Phil klang selbst auch ein bisschen überrascht. Nachdem er ihr zugehört hatte, sagte er: „Heute geht es leider nicht … Natürlich kannst du mich morgen noch einmal anrufen … Also dann …“

Als er auf den Balkon zurück kam, umspielte ein amüsiertes Lächeln seine Lippen.

„Wer ist Carla?"

„Eine Stewardess, die ich heute auf dem Rückflug kennen gelernt habe. Sie ist ziemlich verknallt in mich."

Rita stöhnte.

„Musst du jedem verknallten Mädchen gleich deine Telefonnummer geben."

Der Frauenschwarm lachte.

„Na ja, soll ich ihnen vielleicht sagen: Don't call me, I call you?"

„Auf jeden Fall könntest du in nächster Zeit ein bisschen mehr Zurückhaltung an den Tag legen, wenn auch nur mit Rücksicht auf mich. Die Liste der Ex-Freunde deiner Gespielinnen wird ja täglich länger, und die sind alle potentiell verdächtig. Glaubst du vielleicht, es macht Spaß, die alle abzuklappern? Und Horlacher wird dich als schnöden Romeo einstufen. Du scheinst völlig vergessen zu haben, dass du immer noch unter Verdacht stehst."

Er sah sie mit zerknirschter Miene an.

„Du weißt, wie gern ich an der Aufklärung des Mordes an Nicole mithelfen würde. Und nicht nur, weil ich Horlacher endgültig davon überzeugen möchte, dass ich nicht ihr Mörder bin."

„Du weißt, dass das nicht geht. Also fang nicht immer wieder davon an."

Einen Moment sahen sie sich wie zwei müde Kampfhähne an, dann fiel es ihnen auf.

Seit ein paar Minuten schon drang aus einem der vielen geöffneten Fenster oder von einem der vielen Balkone die Melodie eines strophenreichen Popsongs, von dem nur der immer wiederkehrende Refrain *Crazy for you* deutlich zu verstehen war.

Phil stöhnte auf und sandte einen genervten Blick zur Decke.

„Nicht schon wieder! Dieses Gedudel macht mich noch wahnsinnig. Es vergeht kein Tag, an dem ich es nicht höre."

„Weißt du, woher es kommt?"

„Nein. Ich kann es nicht orten. Scheint der Sommerhit irgendeines liebeskranken Teenagers zu sein. Obwohl ich mich eigentlich nicht erinnern kann, in diesem Haus je einem Teenager begegnet zu sein. Vielmehr wimmelt es hier von Alten, die sich mit diesen sperrigen Rollwägen fortbewegen. Manchmal komme ich mir vor wie zu Besuch in einem Altersheim."

„Der Gedanke ist mir allerdings auch schon gekommen."

Der Sommerhit ging derweil in die nächste Runde. Ein Blitz zuckte über den Himmel und kurz danach, noch ziemlich weit weg, drohte das erste Donnergrollen. Dazu war plötzlich Wind aufgekommen, der wild an dem gewellten Rand der hochgezogenen Markise zerrte.

Rita stand auf, beugte sich weit über den Balkon und lauschte intensiv in alle Richtungen. Sie hörte entfernt ein Kind weinen, etwas näher Geschirr klappern, und von irgendwoher dudelte unverdrossen der Popsong. Aber von woher genau, hätte sie bei bestem Willen nicht sagen können.

„Vergiss es", sagte Phil, der ihre Anstrengungen verfolgt hatte. „Du kannst in diesem Gebäude ja nicht mal eine Bohrmaschine oder einen Vorschlaghammer aufspüren. Egal, ob sie im Erdgeschoss oder nebenan eingesetzt werden. Es liegt an der Bauweise. Schwimmender Estrich ist jedenfalls beim Bau dieser Hochhäuser damals nicht zum Einsatz gekommen."

Giftgelbe Blitze zuckten über den inzwischen fast schwarzen Himmel und rissen ihn immer wieder sekundenlang auf. Dann übertönte plötzlich ohrenbetäubender Donner den Sommerhit.

Der Wind nahm noch etwas mehr an Fahrt auf, und sie begann in ihrem dünnen Top zu frösteln.

„Schwimmender was? Komm, lass uns reingehen, mir ist kalt. Gleich wird es richtig losgehen."

In der Wohnung war es angenehm warm, und Phil konnte gerade noch die Balkontür schließen, bevor prasselnder Regen, vom Wind gepeitscht, waagerecht über Landschaft und Häuser niederging.

Rita sah dem Toben einen Moment vom Fenster aus zu und konnte in der Ferne verschwommen die Scheinwerfer und Rücklichter von ein paar vom Unwetter überraschten Autofahrern auf der Landstraße erkennen, die sich mühsam durch die sintflutartigen Regenfälle kämpften.

„Sag mal, hast du mit deiner Nachbarin etwa auch schon angebändelt?"

„Wie bitte?"

„Du hast mich schon verstanden. In letzter Zeit läuft sie mir nämlich ständig über den Weg, wenn ich dich besuche oder sonst wie im Asemwald unterwegs bin. Sie passt mich im Eingangsbereich, vor dem Aufzug, auf dem Flur ab. Und jedes Mal fragt sie mich ziemlich schnippisch, wie weit ich mit meinen Ermittlungen vorangekommen bin und ob du immer noch unter Verdacht stehst.

„Mich hat sie das auch schon gefragt."

„Und?"

Er machte eine etwas ungehaltene Bewegung mit dem ganzen Körper.

„Ich habe ihr gesagt, wie es ist. Mehr nicht. Und mehr ist auch nicht."

„Das überrascht mich."

„Wieso?"

„Wieso sie nicht?“

Er sah sie an, als ob er an ihrem Verstand zweifle.

„Sie ist nicht mein Typ. Du müsstest mal die Frauen sehen, mit denen ich zusammenarbeite. Die sehen live wirklich so toll aus, wie in den Magazinen. Und sie sind jung, süß, sexy und heiß.“

„Da bist du ja ein richtiger Glückspilz.“

Er lachte übermütig.

„Von einer Nachbarin wusste ich nichts, bis sie mich ausdrücklich darauf aufmerksam gemacht hat. Wahrscheinlich bin ich ihr sogar vorher schon einmal begegnet. Aber ich könnte dir nicht garantieren, dass ich sie bei der nächsten Begegnung wiedererkennen würde.“

„Jetzt fang du auch noch an.“

„Was meinst du?“

„Seit neuestem scheine ich von Gesichtsblinden umzingelt zu sein.“

38

Kleo überflog noch einmal, außer sich vor Empörung, den letzten Eintrag in ihrem Tagebuch.

15. August 2008 – 0:40 Uhr

Mein armer Liebling
Warum
Hast du
Mir erst heute gesagt
Dass du
Immer noch
Verdächtigt wirst
Die Schlampe
Getötet zu haben
Ich bin
Sprachlos
Um nicht zu sagen
Empört
Wie kann man
Dir
Das antun
Aber sei unbesorgt
Mein armer Liebling
Kleo wird sich überlegen
Wie sie
Dir
Aus der Patsche
Helfen kann
Ich liebe dich

Allerhöchste Zeit, dass sie etwas unternahm!

Sie hatte schon viel zu lange gewartet. Und es wäre eine tolle Gelegenheit, ihm mit dieser Geste endlich zu zeigen, dass es ihr genauso ernst war, wie ihm. Dass sie seine Liebe erwiderte. Dass er inzwischen das Wichtigste in ihrem Leben war. Er sollte auch endlich wissen, dass sie bereit war, jedes Opfer für ihn zu bringen. Und sie war bis zum Zerreißen gespannt auf seine Reaktion.

Kurz entschlossen klappte sie das Tagebuch zu und legte es auf den Nachttisch zurück. Die Zeiger auf ihrem Wecker standen auf Mitternacht. Egal. Die Beschäftigung mit seiner misslichen Lage ließ ihr keine Ruhe mehr.

Aufgewühlt sprang sie aus dem Bett, rannte ins Wohnzimmer und griff mit zitternden Händen zum Telefonhörer. Beim hastigen Eintippen seiner Nummer fiel er ihr fast aus der Hand. Dann presste sie den Hörer ans Ohr und lauschte. Die Leitung war frei.

Wenn er sich jetzt meldete und ihr Angebot annahm, wären die Würfel gefallen, und Miss Erfolglos würde endlich aus seinem Leben verschwinden. Was hatte diese Schnüfflerin eigentlich bisher für ihn getan, außer sich wichtig zu machen und ihm die Zeit zu stehlen? Gar nichts! Seit er von Hawaii zurück war, stand sie ständig bei ihm auf der Matte. Er hatte ja kaum Gelegenheit gehabt, seinen Koffer auszupacken. Oder sie waren ständig zusammen unterwegs. Demnächst quartierte sie sich noch bei ihm ein. Das allerdings würde sie zu verhindern wissen! Was bildete sich diese dumme Pute eigentlich ein? Nur sie, Kleo, war gut für ihn. Nur sie konnte an seiner Situation wirklich etwas ändern. Nur sie konnte ihn retten.

Sein Telefon klingelte immer noch. Vielleicht ging er nicht ran, weil sie schon wieder bei ihm war. Vielleicht wollte er nicht, dass sie merkte, wer ihn anrief. Vielleicht war er aber auch gar nicht zuhause. Leider schaltete sich bei ihm auch nie ein Anrufbeantworter ein. Entweder er schaltete ihn nie ein oder er hatte gar keinen. Sehr schade. Sonst hätte sie ihm nämlich schon längst etwas Nettes daraufgesprochen.

Der monotone Klingelton fing an, ihr auf die Nerven zu gehen. Sie verzog ungeduldig das Gesicht und stöhnte ein paar Mal irritiert. Es war wirklich nicht einfach, an ihn heranzukommen. Sie würde ihn in Zukunft wohl ein bisschen zu seinem Glück zwingen müssen.

Dieses blöde Telefon! Sie hasste es, wenn sie etwas auf später verschieben musste, das sie sich für gleich vorgenommen hatte.

Jetzt wollte sie ihn sehen.

Nicht morgen, übermorgen oder Gott weiß wann.

Jetzt. Jetzt. Jetzt.

Sie war so voller Tatendrang, dass sie am liebsten auf der Stelle seine Tür eingetreten hätte, um ihn endlich mit ihrem Angebot zu überraschen. Aber es war nichts zu machen. Er ging nicht ran. Sie fluchte ein paar Mal laut und unflätig vor sich hin, und es kostete sie einige Mühe dem Drang zu widerstehen, das Telefon mitsamt dem Kabel aus der Wand zu reißen und aus dem Fenster zu schmeißen. Um sich davon abzuhalten, biss sie sich ein paar Mal kräftig in die geballte Faust.

Als der kleine Wutanfall vorbei war, hauchte sie einen sehnsüchtigen Kuss durch die Leitung, der bei ihm ankommen würde, wenn er das nächste Mal den Hörer abnahm, und legte auf. Tief in ihrem Herzen wusste sie: Ihre gemeinsame Zeit war zum Greifen nah.

39

Phil lehnte sich im Aufzug zurück. Das Abendessen mit Carla war nett gewesen. Sie war hübsch, charmant und wirklich sehr verliebt, und er würde sich wieder mit ihr treffen. Mit zu sich nach Hause genommen hatte er sie jedoch nicht. Zu sehr steckte ihm noch in den Knochen, was mit Nicole passiert war.

Fast im selben Moment, als er die Tür zu seinem Apartment hinter sich zumachte, klingelte das Telefon. Er fand den Lichtschalter nicht gleich, beeilte sich aber im Dunkeln, das Telefon beziehungsweise den Hörer zu finden, der nicht auf der Station lag. Als er sich meldete, wurde am anderen Ende der Leitung aufgelegt.

Carla?

Sie war zwar eine hinreißend verliebte Lady, aber für so aufdringlich hätte er sie dann doch nicht gehalten. Vielleicht sollte er wirklich auf Rita hören und in der nächsten Zeit ein bisschen kürzer treten. Vielleicht hatte sich aber auch nur jemand verwählt.

Ernüchtert machte er erst einmal überall das Licht an, zog sein Jackett aus und sah sich in seinem Wohnzimmer um, das immer noch eher einer Abstellkammer glich. Wie ungemütlich es war, fiel ihm immer dann besonders auf, wenn er allein zuhause war. Es wurde langsam wirklich Zeit, dass er sich ein bisschen wohnlich einrichtete. Wenn sein Job ihm nur lange genug Zeit dafür ließe.

Nicole hatte ihm beim Einrichten helfen wollen. Ihre plötzliche brutale Ermordung auf seinem Parkplatz in der Tiefgarage machte ihm mehr zu schaffen, als er sich eingestehen mochte. Er fühlte sich schuldig, weil er sie nicht zu ihrem Auto begleitet hatte. Er bedauerte zutiefst, dass er nach dem Streit nicht mehr auf sie eingegangen war, sonst wäre es vielleicht gar nicht erst so weit gekommen. Es war ihm immer noch nicht eingefallen, was er zu ihr gesagt und was sie so wütend gemacht hatte. Es konnte nichts von Bedeutung gewesen sein, denn daran hätte er sich doch bestimmt erinnert. Wie auch immer, das furchtbare Geschehen mit Nicole beeinträchtigte sein gewohnt heiteres Lebensgefühl beträchtlich. Es behinderte ihn bei seiner Arbeit und hatte sein Interesse bezüglich des Wohnungseinrichtens auf den absoluten Nullpunkt sinken lassen.

Nach dieser traurigen Bilanz schellte seine Türklingel und ließ ihn verwundert auf seine Armbanduhr schauen. Sie zeigte dreißig Minuten nach Mitternacht, und eigentlich erwartete er niemanden mehr.

Während er sich noch wunderte, klopfte es an seiner Wohnungstür. Der späte Besucher stand also bereits vor seiner Tür. Merkwürdig.

Er ging zur Tür und warf einen Blick durch den Spion.

Vor seiner Tür stand die Frau, die sich im Aufzug bei ihm mit den Worten „Ich bin Ihre unmittelbare Nachbarin zur Linken" vorgestellt hatte. Jene Nachbarin, von der er angenommen hatte, dass er sie bei der nächsten Begegnung nicht wiedererkennen würde.

Heute war sie ziemlich aufgedonnert, so als sei sie auch gerade von einem Rendezvous nach Hause gekommen. Derart zurechtgemacht sah sie gar nicht mal so übel aus.

Aber was konnte sie um diese Zeit von ihm wollen. Sie würde ihn doch nicht mitten in der Nacht rausklingeln, um ihn wegen irgendeiner läppischen Nichtigkeit anzupumpen? Aber was könnte es sonst sein?

Plötzlich konnte er sich denken, warum. Bestimmt hatte er sein Scheinwerferlicht wieder einmal brennen lassen, und sie wollte ihm das sagen, damit er am nächsten Morgen in der Garage nicht gleich mit einer leeren Batterie konfrontiert sein würde. Besorgt war sie um ihn. Wie nett.

Dankbar und mit seinem charmantesten Lächeln auf den Lippen öffnete er die Wohnungstür.

„Ja, bitte?"

Sie strahlte zurück, und er nahm einen Geruch an ihr wahr, der ihm irgendwie bekannt vorkam.

„Entschuldigen Sie, dass ich noch so spät störe, aber ich muss Ihnen etwas Wichtiges sagen."

„Ich kann mir schon denken, worum es geht."

„Natürlich können Sie das. Es beunruhigt mich ja auch schon lange. Kann ich einen Moment reinkommen?"

Um brennendes Scheinwerferlicht schien es offenbar nicht zu gehen. Er bat sie herein und schloss die Tür.

„Leider kann ich Ihnen keine Sitzgelegenheit anbieten, es sei denn einen Liegestuhl. Wie sie sehen, bin ich noch nicht fertig eingerichtet."

„Oh, das macht nichts. Das, was ich Ihnen zu sagen habe, dauert nicht lange."

In Wahrheit genoss sie es, so nah neben ihm zu stehen und war enttäuscht, als er zum Fenster ging und sie einfach zwischen den Umzugskartons stehen ließ.

„Was ist es denn Dringendes, das nicht bis morgen Zeit gehabt hätte?"

Sie faltete ihre Hände wie zum Gebet und sah kurz auf sie herab.

„Bei unserer letzten Begegnung haben Sie mir erzählt, dass die Polizei Sie in diesem ominösen Mordfall verdächtigt. Ist das immer noch der Fall?"

„Das muss Sie nicht weiter beunruhigen."

„Tut es aber.“

War sie sensationslüstern oder hatte sie nur Angst, neben einem mutmaßlichen Mörder zu wohnen und musste sich heute Gewissheit verschaffen, egal wie spät es war?

„Na schön, sagen wir mal, es gibt noch keinen weiteren Verdächtigen.“

„Sehen Sie, das habe ich mir fast gedacht. Ich möchte Ihnen ein Angebot machen, das Sie schlagartig von diesem Verdacht befreit. Diese Privatdetektivin ist ja offensichtlich nicht in der Lage, Ihnen zu helfen.“

Er sah sie überrascht an.

Was war das für eine merkwürdige Nummer? Und noch dazu zu dieser späten Stunde? Er hatte ja schon eine Menge Frauen kennen gelernt, aber so eine wie seine unmittelbare Nachbarin zur Linken war ihm bisher noch nicht über den Weg gelaufen.

„Und wie glauben Sie, mir helfen zu können?“

Sie sah ihn mit flackernden Augen an, und auf ihrem Gesicht spiegelten sich in fliegendem Wechsel wilde Entschlossenheit und so etwas wie Angst vor der eigenen Courage. Übrig blieb schließlich die wilde Entschlossenheit, was ihn beunruhigte.

„Ich bin sicher, dass sie unschuldig sind. Und da habe ich mir gedacht, ich könnte der Polizei sagen, dass Sie zur Tatzeit mit mir zusammen waren. Ich habe keinen anderen Freund, also kämen Sie auch von daher nicht in Schwierigkeiten. Ich möchte Ihnen gern aus der Patsche helfen.“

Er starrte sie verblüfft an. War er wach oder träumte er? Hatte sie ihm dieses unmögliche Angebot eben wirklich gemacht? Er war versucht, sich in den Arm zu kneifen und musste ein aufkommendes Lachen unterdrücken. Ich könnte der Polizei sagen, dass Sie zur Tatzeit mit mir zusammen waren. War sie verrückt?

Er sah sie prüfend an.

Das Flackern in ihren Augen war verschwunden, und die Miene, die sie zur Schau trug, war so unschuldig wie der Ton, in dem sie diesen Satz gesagt hatte. Als handle es sich um das natürlichste Hilfsangebot der Welt.

Sie war verrückt! Und er suchte fieberhaft nach einer möglichst unverfänglichen Antwort.

„Vielen Dank für ihr großzügiges Angebot. Aber Ihre sicherlich wohlgemeinte Nachbarschaftshilfe kann ich wirklich nicht annehmen."

Hatte er eben wirklich diesen unglaublich geschraubten Satz gesagt? Nachbarschaftshilfe! Gütiger Gott, was ging hier vor sich?

Sie machte ein enttäuschtes Kleinmädchen-Gesicht.

„Schade. Ich hätte früher damit kommen sollen, ich weiß. Eigentlich wollte ich das ja auch. Egal. Überlegen Sie es sich noch einmal. Diese Privatdetektivin kann Ihnen nicht helfen. Und ich wäre bereit, mein Angebot vor der Polizei zu wiederholen."

Sie hatte, während sie sprach, vor sich auf den Boden gesehen. Dann machte sie auf dem Absatz kehrt, ging grußlos mit kleinen steifen Schritten auf sehr hohen Hacken zur Tür, öffnete sie und verschwand wie eine Spukgestalt. Er war versucht, das Ganze ins Reich der Phantasie oder der Halluzinationen zu verbannen, wäre da nicht der Hauch ihres ungewöhnlichen Parfüms zurückgeblieben.

Phil schüttelte sich erst einmal, dann griff er zum Telefonhörer, setzte sich auf einen Umzugskarton und tippte Ritas Nummer ein.

40

In derselben Nacht notierte Kleo in ihrem Tagebuch:

20. August 2008 – 1:50 Uhr

Er hat sich wahnsinnig
Über mein Angebot gefreut
Als er mich
Vor seiner Tür stehen sah
Hat er gestrahlt
Als ob er geahnt hätte
Was auf ihn zukommt
Und er ist richtig süß
Denkt, dass er so viel
Nachbarschaftliche Hilfe
Nicht annehmen kann
Kann er doch!
Es ist ja auch viel mehr
Als das
Es ist Liebe
Liebe
Wie er sie noch nie
In seinem Leben
Kennen gelernt hat
Nachbarschaftliche Hilfe!
Einfach süß
Er versteckt seine Liebe
Immer noch vor mir
Aber ich spüre
Die Glut in ihm

Ein Funke genügt ...
ICH bin der Funke

41

„Diese Frau ist entweder dumm oder verrückt. Wahrscheinlich beides“, bemerkte Rita abfällig. „Wie kommt sie bloß auf die absurde Idee dir anzubieten, der Polizei zu sagen, du hättest die Nacht mit ihr verbracht.“

„Vielleicht hätte sie das gern. Und ganz so absurd ist die Idee nun auch wieder nicht. Meine Agentin zum Beispiel preist mich bei potentiellen Kunden unter anderem als attraktiven Mann an“, wandte Phil ein und warf ihr einen bezwingenden Blick zu wie weiland Sean Connery seinem Bondgirl.

Rita quittierte das mit einem schlichten „Spinner!“ und sprang vom Umzugskarton herunter.

„Aber mal im Ernst, auf welchem Planeten lebt diese Frau? Und wie lange glaubt sie, hätte sie Horlacher etwas vormachen können. Damit hätte sie dir einen schönen Bärendienst erwiesen. Und bestimmt hat sie keine Ahnung davon, was bei Mord auf eine Falschaussage steht.“

„Das ist mir auch schon alles durch den Kopf gegangen. Ich habe ihr Angebot ja auch gleich dankend abgelehnt. Was, zum Teufel, ist nur in sie gefahren?“

Rita, die während ihrer Aufzählung in einem nicht zugestellten Teil des Wohnzimmers auf und ab gelaufen war, kam zurück zu ihrem Umzugskarton und schwang sich wieder darauf.

„Also, ich hege ja schon geraume Zeit einen ganz bestimmten Verdacht.“

„Ach ja? Lass es krachen.“

„Du vermisst doch seit einiger Zeit ein paar sehr persönliche Gegenstände, richtig?“

„Richtig.“

„Diese Gegenstände könnten dir alle irgendwo, aber auch in deiner Wohnung abhanden gekommen sein, richtig?“

Er dachte kurz nach.

„Richtig.“

„Hast du jemandem einen Schlüssel zu deiner Wohnung gegeben?“

„Nein.“

„Schließt du deine Wohnungstür, um sicher zu gehen, immer zweimal ab?“

„Ja.“

„Glaube ich dir nicht. Wenn ich mich nämlich recht erinnere, hast du, als ich dich zum Flughafen zu deinem Flieger nach Hawaii gebracht habe, deine Tür nur zugezogen.“

Er überlegte.

„Weiß ich nicht mehr. Meistens jedenfalls schließe ich ab.“

„Okay. Du kannst jetzt aber nicht mehr völlig ausschließen, dass während deiner Abwesenheit in Hawaii jemand in deiner Wohnung gewesen sein könnte und, genauso gut, früher schon einmal.“

„Worauf willst du hinaus?“

„Sag ich dir gleich. Ich bin noch nicht fertig.“

Er sah sie frustriert an.

„Vielleicht täusche ich mich. Aber ich habe den Eindruck, dass jemand versucht, dir mit Hilfe eines Popsongs eine Botschaft zu übermitteln.“

Phil prustete los.

„Du spielst doch nicht etwa auf den liebeskranken Teenager und seinen Sommerhit an? Du bist ja verrückt!“

„Sie wäre bestimmt nicht die Erste, die dich heimlich anschmachtet. Und liebeskrank ist gar nicht so verkehrt.“

Er rollte mit den Augen und stöhnte ungeduldig.

„Wie lange willst du dich eigentlich noch warmlaufen? Sag doch endlich, worauf du hinaus willst."

„Ich nehme so lange Anlauf wie ich will. Das nur nebenbei. Aber, ich habe, wie ich schon sagte, bereits seit geraumer Zeit einen ganz bestimmten Verdacht, konnte ihn aber bislang keiner bestimmten Person zuordnen. Bis zu deinem Anruf gestern Nacht."

„Mach's nicht so spannend. Wen hast du im Visier?"

„Deine Nachbarin."

„Du bist verrückt!"

„Sie ist verknallt in dich."

„Mag sein. Ich aber nicht in sie."

„Das ist ihr egal."

Er sah sie verblüfft an.

„Ich vermute sogar, dass sie nicht nur schwer in dich verknallt ist, sondern dass es sich bei ihr um eine Vollblut-Stalkerin handelt und du ihr Opfer, oder vielleicht sollte ich besser sagen, das auserkorene Objekt ihrer bizarren Leidenschaft bist."

Er stand auf, ging zum Fenster, sah hinunter zur Landstraße und kurz hinüber zu Dorit Gesslers Balkon, kam zurück und blieb dann mitten im Wohnzimmer stehen.

„Das glaube ich nicht."

„Musst du wohl. Und du scheinst nicht ihr einziges Opfer gewesen zu sein. Ralphs Mutter hat mich aus USA zurückgerufen und mir erzählt, dass ihr Sohn kurz vor seinem Selbstmord davon gesprochen hat, von jemandem verfolgt zu werden. Sie war sich aber nicht sicher, was sie davon halten sollte, weil er zu dem Zeitpunkt schrecklich betrunken war."

Rita machte eine bedeutsame kleine Pause wie vor der Pointe eines Witzes und sah ihn triumphierend an. „Was haargenau mit einer Bemerkung übereinstimmt, die die Pächterin vom *Hannibal* gemacht hat."

„Und jetzt?“

„Das fragst du noch? Ich werde mich morgen mal in ihrer Wohnung umsehen. Ich bin ziemlich sicher, dass ich das eine oder andere finden werde, das dort nicht hingehört.“

42

21. August 2008 – 1:45 Uhr

Sie war schon wieder bei ihm!
Belagert ihn
Zu allen Tages-
Und
Nachtzeiten
Schmeißt sich
Immer mehr an ihn ran
So kann es nicht weitergehen!
Unter dem Deckmäntelchen
Der Privatdetektivin
Gibt sie vor
Ihm zu helfen
Ha -
Das muss endlich aufhören!
Ich
Habe sie
Schon lange durchschaut
Das Schlimme ist -
Er nicht
Ich
Habe aber keine Lust
Noch länger zu warten
Es muss etwas geschehen!

Kleo schäumte vor Wut.

Sie drückte die Mine des Kugelschreibers so heftig zurück in das Schreibgerät, dass der Abschlussknopf und die Feder hinten heraussprangen, dann schlug sie ihr Tagebuch zu und knallte es auf den Nachtisch. Mit hochrotem Kopf sprang sie aus dem Bett.

Geleitet vom hellen Licht des Vollmonds stapfte sie aufgebracht über den Flur durchs Wohnzimmer in die Küche.

An der Stelle der Arbeitsplatte, an der der Messerblock stand, machte sie halt. Der Anblick des massiven Messerblocks übte dieselbe beruhigende Wirkung auf sie aus, wie der Anblick des Fläschchens auf ein schreiendes Baby.

Sie tastete ihn zärtlich mit beiden Händen ab, bis sie den Schlitz erfühlte, in dem das große Fleischmesser mit der stabilen Klinge steckte. Sie liebkoste den Griff, als wäre er aus pulsierendem Fleisch und Blut. Dann zog sie das Messer plötzlich mit einer geübten Bewegung heraus. Ihr Arm schoss mit einem scharfen Luftzug über ihren Kopf hinaus, wobei die stählerne Klinge im Mondlicht kalt aufblitzte, dann sauste ihr Arm mit dem Messer wieder nach unten und stach auf ein imaginäres Objekt unmittelbar vor ihr ein.

Sie stach tief zu.

Immer und immer wieder.

Dabei keuchte und lachte sie hysterisch in die Stille der mondhellen Nacht hinaus, dass es dem Nachbar unter ihr, der bei Vollmond auch nicht schlafen konnte und deshalb im Pyjama auf seinem Balkon stand, eiskalt über den Rücken lief.

43

Wolf war schon vor einer Dreiviertelstunde zur Arbeit gegangen. Dorit vor zwanzig Minuten. Das hatte Rita durch Phils Türspion beobachtet. Danach hatte sie sich auf den Weg in die Tiefgarage gemacht, um zu prüfen, dass die Autos der beiden auch nicht mehr auf ihren Parkplätzen standen und sie einigermaßen sicher sein konnte, ungestört in Dorits Wohnung zu gelangen, um sich dort in aller Ruhe einmal umzusehen.

Als sie zurückkam, empfing sie Phil auf dem Flur vor dem Aufzug. Sie hatten vereinbart, dass, während sie sich in Dorits Wohnung umsah, er mit dem Handy auf dem Flur vor dem Aufzug Schmiere stehen sollte, Ritas Nummer startbereit im Display, so dass er nur noch auf OK drücken musste, falls Dorit wider Erwarten vorzeitig zurückkäme. In diesem Fall sollte er sie mit der Begründung in seine Wohnung locken, ihr tollkühnes Angebot diskutieren zu wollen.

„Bist du bereit?“, fragte sie.

„Ja … Schon …“

„Was ist denn noch?“

„Ich erwarte einen Anruf von Franka.“

Rita schloss genervt die Augen und stöhnte verärgert auf.

„Das ist jetzt nicht wirklich dein Ernst?“

„Es ist nicht wie du denkst. Franka ist die Chefin meiner Model-Agentur und kein Ausbund an Geduld. Es geht um meine neuen Termine.“

„Die Tür zu deiner Wohnung steht doch offen. Da wirst du doch das Telefon klingeln hören.“

„Okay.“

„Also, du gibst mir jedenfalls sofort auf dem Handy Bescheid, wenn irgendetwas ist. Kann ich mich auf dich verlassen?“

Er nickte.

Als der Aufzug, mit dem Rita hochgekommen war, abgerufen wurde und sich ruckelnd davonmachte, zuckten beide zusammen.

„Das fängt ja schon gut an“, sagte Rita, griff in ihre Hosentasche, holte ein paar Einweghandschuhe heraus und streifte sie über.

Phil nickte grinsend.

Das Etui mit dem Chicago-Besteck steckte ebenfalls griffbereit in ihrer Jackentasche, sie wählte eines der zierlichen Instrumente aus. So gerüstet beugte sie sich über das Türschloss und öffnete mit der Ruhe und Geschicklichkeit eines geübten Chirurgen die Tür zu Dorit Gesslers Wohnung und trat ein.

Es war das erste Mal, dass Phil sie dabei beobachten konnte, wie sie sich Einlass in eine fremde Wohnung verschaffte, und er war überrascht wie schnell es ging.

Auf der anderen Seite der Wohnungstür beschloss Rita, die Räumlichkeiten im Uhrzeigersinn zu erkunden und begann mit dem Badezimmer.

Es war ein blasstürkis gekacheltes Bad mit vielen Spiegeln und einer schwarz gestrichenen Decke, was dieser, wenn man hochblickte, etwas Endloses verlieh. Originelle Idee.

Passend zu den Kacheln und der Decke waren sämtliche Badetücher und Handtücher türkis und mit schwarzen Streifen oder Wellenlinien verziert. Ein ausgewachsener Porzellan-Panther bewachte leicht schielend die Badewanne. Alles nicht wirklich ungewöhnlich.

Auf der Ablage zwischen dem Spiegelschrank und dem Waschbecken entdeckte sie dann aber doch etwas, das ihr Herz schneller schlagen ließ. Präsentiert wie einzigartige Kunstobjekte standen dort zwei Flaschen Aftershave: Old Spice und Brut. Na bitte!

Auf dem Weg zur Küche fiel ihr Blick im Wohnzimmer auf Dorits Stereo-Anlage und einen Stapel CDs, und sie war gespannt, ob sie auch hier finden würde, was sie vermutete. Als sie sich zu dem Stapel hinunterbückte, stellte sie fest, dass sie alle von Madonna waren und eine CD einsatzbereit im Abspielfach lag. Der Titel: *Crazy for you*.

In der gut ausgestatteten und penibel aufgeräumten Küche fand sie nichts, was Phil vermisste. Auf der geschwungenen Arbeitsplatte standen eine Kaffee-Maschine und ein massiver Messerblock, dessen Sortiment hochwertiger und scharf geschliffener Messer sich sehen lassen konnte. Die liebestolle Dame schien nebenbei eine ernsthafte Köchin zu sein. Das entsprechende Rüstzeug jedenfalls stand ihr hierfür zur Verfügung.

Im Flur keine Besonderheiten.

Als sie die Tür zum Schlafzimmer öffnete, traute sie jedoch ihren Augen nicht. Die Schlafzimmerwände waren tapeziert mit unzähligen Fotos von Phil aus verschiedenen Bademoden- und Wäschekatalogen.

Phil in Badehose bis zu den Knöcheln im Meer. Phil am endlosen weißen Sandstrand, die Augen mit einer Hand beschattet an eine Palme gelehnt.

Phil auf einem Badetuch, auf einer Luftmatratze, in einem Liegestuhl am Swimmingpool.

Phil in frechen Shorts und Polohemd mit einem Tequila Sunrise in der Hand an der Poolbar. Phil in weißem Leinenanzug und aufgeknöpftem Hemd an einer Messing blitzenden Hotelbar.

Phil mit und ohne Sonnenbrille.

Phil im gut sitzenden Slip. Phil im Muskelhemd, Unterhemd, T-Shirt. Phil in diversen Pyjamas, kuscheligen Bademänteln …

Phil an jedem erdenklichen Ort.

Phil in jeder erdenklichen Pose.

Phil in jeder Form und Weise.

Und mitten drin Dorits geräumiges Messingbett, ausgestattet mit blassrosa und zartgrünem Bettzeug im Laura Ashley-Design. Die Bettdecke war zurückgeschlagen und obenauf lag ein Männerhemd.

Rita wusste, noch bevor sie das Hemd einer näheren Betrachtung unterzog, dass es sich nur um Phils ziemlich einmaliges Cowboyhemd handeln konnte. Auch der sich aufbäumende Mustang und der Lasso schwingende Cowboy auf der Rückseite ließen, als sie es ausbreitete, keine andere Deutung zu.

Also, wenn das nicht die Wohnung einer Stalkerin war …

Rita schloss einen Moment ihre Phil strapazierten Augen, bevor sie damit begann, die Dinge zu inspizieren, die auf Dorits Nachttisch lagen und nachts von einer als Messingschlange getarnten Nachttischlampe beleuchtet wurden.

Unübersehbar lag da ein in rotes Leder gebundenes Tagebuch, auf dem der Namenszug *Phil* glitzerte, mit durchsichtigem Nagellack geschrieben, der mit Goldsprenkeln versetzt war. Das Buch war mit einem kleinen goldenen Schloss versehen und abgeschlossen. Den kleinen goldenen Schlüssel trug sie vermutlich unter dem Herzen. Über den Rest des Nachttischs versprengt lagen die Einzelteile eines goldenen Kugelschreibers.

Auf einem Bücherbord gegenüber dem Bett, das in Messingverstrebungen hing, stand eine ganze Batterie in rotes Leder gebundener Tagebücher. Das letzte in der Reihe machte sie besonders neugierig. Es trug den golden glitzernden Schriftzug *Ralph*.

Rita hatte genug gesehen. Sie nahm die Tagebücher *Phil* und *Ralph* an sich und verließ Dorits Wohnung, um sie nebenan in Ruhe lesen zu können.

44

„Was hast du da?“, fragte Phil und deutete auf die beiden Tagebücher in ihrem Arm.

„Sag ich dir gleich bei einer Tasse Kaffee. Du kannst doch hoffentlich in deinem verlotterten Haushalt inzwischen Kaffee machen? Oder gibt es bei dir immer noch nichts außer Champagner aus Pappbechern?“

„Seit gestern besitze ich eine bildschöne Turbo-Kaffee-Maschine. Was sagst du jetzt?“

„Wirf sie an, während ich einen kurzen Blick hier hinein werfe.“

Sie tippte auf die Bücher und lächelte amüsiert.

„Deine Verehrerin hat Tagebuch geführt. Über einen gewissen Phil.“

„Lass sehen.“

„Erst den Kaffee.“

Beleidigt zog er sich in die Küche zurück, und Rita manipulierte die Schlösser der beiden Tagebücher mit dem winzigsten Instrument ihres Chicago-Sets, dann schlug sie zuerst das Tagebuch *Phil* auf.

20. Juli 2008 – 23:30 Uhr

Heute im Aufzug
traf es mich wie ein Blitz
Du
Hast Hallo! gesagt
Und hast mich angesehen
Mit diesem vielversprechenden Blick …
Und du hast mich angelächelt

Mit diesem bedeutungsvollen Lächeln …
Du musstest nicht mehr sagen
Ich
Habe sofort gewusst
Du bist verrückt nach mir

Sie lachte und blätterte weiter.

„Das ist ja köstlich! Das musst du dir anhören."

Sie setzte sich auf den Umzugskarton, der direkt neben der Küche stand und las ihm den Text vor, den sie eben schon für sich gelesen hatte.

In der Küche war es bis auf das Gurgeln und Zischen der Kaffee-Maschine still geworden. Als sie mit der Eintragung vom zwanzigsten Juli fertig war und von Phil gar keine Reaktion kam, fragte sie: „Was ist? Kein Kommentar? Damit meint sie dich."

Aus der Küche kam nur ein inbrünstiges „Wow!".

Rita lachte.

„Und es geht weiter in dem Stil."

23. Juli 2008 – 23:20 Uhr

Du hast mich
Total verhext
Und jetzt
Sehne ich mich
Nach
Deiner Stimme …
Deinen Worten …
Deinen Lippen …
Deiner Haut …
Deinen Händen …

Ich sehne mich
Nach
Deiner Nähe …
Deiner Berührung …
Ich bin verrückt nach dir

„Mann oh Mann!“, sagte Rita und schüttelte ungläubig den Kopf. Diese Frau ist ja komplett verrückt.“

„Stimmt! Verrückt nach mir“, sagte Phil, der mit einem fröhlichen Grinsen auf dem Gesicht und zwei schwarzen Keramikbechern mit der Aufschrift *Route 66* und NYPD in den Händen aus der Küche gekommen war.

„Wann packst du endlich dein richtiges Geschirr aus. Ich habe zum letzten Mal Kaffee aus Keramikbechern getrunken, als ich Kommissaranwärterin war und mit meinem Kollegen Streife gefahren bin.“

„Lies weiter“, knurrte Phil.

26. Juli 2008 – 24:00 Uhr

Du bist
WUNDERVOLL
Ich liebe dich
Ich brauche dich
Wo bist du?

Rita ließ das Tagebuch in ihren Schoß sinken und sah ihren von den Frauen verwöhnten Freizeitermittler an. „Wird dir nicht himmelangst, wenn du so etwas hörst?“

„Himmelangst? Wieso? ‚Du bist wundervoll …’ Also ich finde das schön.“

Rita bedachte ihn mit einem verächtlichen Blick, nahm einen Schluck Kaffee und las die nächste Seite für sich allein weiter.

„Hey … Das hier ist, wenn man mal von dem Gesülze absieht, schon mehr ein Eintrag nach meinem Geschmack."

Es folgte eine kleine Pause.

„Lies endlich weiter", drängte Phil.

„Eigentlich ist es … Es ist unglaublich … Phil! Sie ist nicht nur eine Stalkerin wie sie im Buche steht, sie ist eine …"

Es folgte wieder eine kleine Pause.

„Das hier ist so gut wie ein geschriebenes Geständnis … mit Datumsangabe und Uhrzeit! Hör dir das mal an!"

28. Juli 2008 – 2:15 Uhr

Ich
habe dich von ihr befreit
Mein Liebling
Sie wird dich nie mehr belästigen
Nur die Nacht
Die Komplizin der Liebe
War Zeuge
Du
Wirst nie erfahren
Wem du deine Freiheit verdankst
Auf dem Altar der Liebe
Ist für mich
Kein Opfer zu groß
Bald werden wir zusammen sein
Du und ich
Vereint
In ewiger Liebe

…

Du machst mich hilflos
Worte
Können nicht ausdrücken
Was ich fühle

Rita schlug mit der flachen Hand auf die Tagebuchseite.

„Sie ist eine Mörderin! Sie hat Nicole umgebracht. Hier steht es. Schwarz auf weiß."

Er starrte sie ungläubig an.

„Warum sollte sie Nicole umbringen? Sie hat ihr doch nichts getan."

„Das denkst du!"

„Das kann nicht sein. Soviel ich weiß, sind sich die beiden nie begegnet."

„Soll ich dir mal sagen, was ich glaube?"

Er nickte interessiert.

„Ich glaube, Nicole wurde das klassische Stalking-Opfer deiner Nachbarin."

Phil rückte misstrauisch ein Stückchen von ihr ab, wie um sich einen besseren Überblick zu verschaffen, und lachte unsicher.

„Du meinst, sie war auch scharf auf Nicole?"

Rita lachte und schüttelte den Kopf.

„Nein. Scharf ist sie nur auf dich."

„Das ist nicht dein Ernst!"

Er sprang auf und lief zum Fenster.

„Doch."

Und zur Bekräftigung ihrer Behauptung tippte sie mit dem Zeigefinger auf seinen glitzernden Namenszug auf dem Deckel des Tagebuches.

Er sah sie ungläubig an.

„Das kann doch gar nicht sein. Ich kenne diese Frau doch überhaupt nicht."

„Das glaube ich dir sogar. Aber sie kennt dich. Sie beobachtet dich. Und sie liebt dich. Zumindest bildet sie sich das ein. Und das reicht ihr fürs Erste. Tatsachen spielen bei Stalkern keine Rolle. Da gelten andere Gesetze. Sie hat dich für sich ausgeguckt. Du bist ihre große Liebe. Sorry."

„Letzteres kannst du laut sagen! Und du meinst, sie hat Nicole getötet, weil sie sie als Rivalin betrachtet hat?"

„Genau das war ihr Motiv."

Er verharrte eine Weile sprachlos am Fenster und schaute einer einzelnen langsam vorbeiziehenden Wolke nach, die sich allmählich in ein Fabelwesen verformte.

„Also das muss ich erst mal verdauen. Diese Frau ist ja gemeingefährlich. Wieso dürfen solche Leute frei herumlaufen?"

„Weil man ihnen ihre Gefährlichkeit nicht ansieht. Man sieht einem Mörder nicht an, dass er einer ist."

Sie dachte einen Moment nach.

„Vielleicht hätte sich Pott auch als Stalker entpuppt, wenn Nicole nicht vorher ermordet worden wäre."

Phil verließ seinen Platz am Fenster und ging mit gesenktem Kopf und den Händen in den Hosentaschen vor ihr auf und ab, schüttelte den Kopf und schnaubte immer wieder ungläubig durch die Nase.

„Trotzdem hat das Ganze etwas Positives für dich."

Er hielt überrascht inne.

„Da bin ich aber gespannt."

„Du bist aus dem Schneider", sagte sie erleichtert. „Was ich hier in Händen halte, ist Beweismaterial vom Feinsten. Und ich dachte schon, du würdest nie mehr aus dieser Nummer rauskommen."

Er bedachte sie mit einem traurigen kleinen Lächeln. „Komisch, dass mir das im Moment eigentlich ziemlich egal ist. Die arme Nicole."

Sie konnte Phil verstehen, aber der Inhalt des Tagebuches hatte ihre Neugier jetzt erst richtig entfacht und begierig auf weitere Indizien zu stoßen, schlug sie die Seite um.

„Es geht noch weiter. Komm, setz dich wieder."

29. Juli 2008 – 23:45 Uhr

Heute hat mich
Kaum dass ich die Tür
Hinter der Kripo zugemacht habe
Eine Privatdetektivin aufgesucht
Mit Lizenz
Ob sie echt war
Weiß ich nicht
Habe vorher noch nie eine gesehen
Das gilt übrigens auch
Für die Dienstmarke der Kripo
Ha ha ha -
Es auf
Eine Dienstmarke der Kripo
Und
Eine Lizenz zum Schnüffeln
An einem einzigen Tag
Zu bringen
Egal ob echt oder unecht
Ist eine reife Leistung!

„Hör doch mal, hier steht noch etwas ganz speziell über Privatdetektivinnen. Ich schätze, damit bin ich gemeint. Wie aufmerksam. Und da dachte ich schon, sie hätte nur Augen für dich."

13. August 2008 – 0:25 Uhr

Haben Privatdetektivinnen
Eigentlich kein Privatleben?
Langsam geht sie mir
Richtig auf die Nerven
Sie tut mehr
Als nötig
Ob sie Absichten hat?

„Hast du?", fragte Phil mit einem frechen Grinsen im Gesicht. Er schien sich, was die arme Nicole anbetraf, ja schnell wieder gefasst zu haben.

„Klar. Aber bis bei dir der Groschen fällt", antwortete sie.

Plötzlich hörten sie den Aufzug hochkommen. Sie sprangen beide gleichzeitig von ihren Umzugskartons herunter und rannten zur Tür. Rita war eine Zehntelsekunde schneller und schaute durch den Spion.

„Es ist okay. Er fährt durch."

„Gott sei Dank!", sagte Phil nervös und nahm das Tagebuch mit dem Namenszug *Ralph* in die Hand.

„Was steht hier drin?"

„Vermutlich etwas über deinen Vormieter."

Er machte eine Kopfbewegung in Richtung Dorits Apartment.

„Meinst du, er hat sich wegen ihr umgebracht."

„Vielleicht? Wer weiß mit welchen Mitteln sie ihm zu Leibe

gerückt ist", antwortete Rita, nahm ihm das Tagebuch ab und schlug es irgendwo auf.

„Mal sehen, was sie über ihn schreibt."

45

2. Mai 2007 – 22:30 Uhr

Ich weiß, dass
Du
Mich liebst
Ich weiß, dass
Du
Meine kleinen Aufmerksamkeiten
Bemerkst
Ich
Erkenne das
An tausend Kleinigkeiten
Du
Brauchst dich nicht länger
Zu verstellen
Ich
Durchschaue dich
Schon lange
Die ANDERE
Ist nichts für dich
Sie passt nicht zu dir
Du
Verschwendest VIEL *kostbare Zeit*
Die UNSERER *Liebe*
fehlt
Außerdem -
Du
Kannst ohne mich
Nicht glücklich werden

Mein armer Liebling -
Dein Bestes gehört
MIR

„Nicht sehr originell. ‚Mein armer Liebling.' So hat sie mich auch genannt. Sie scheint über keinen besonders großen Wortschatz zu verfügen", sagte Phil, und er klang ein bisschen gekränkt.

„Sei nicht beleidigt. Das Vokabular der Liebe ist auch bei normalen Liebespaaren ziemlich begrenzt. Im Zustand des Verliebtseins setzt bekanntlich der Verstand aus und die Hormone übernehmen die Kontrolle. Das ist ein Naturgesetz. Du solltest das eigentlich am besten wissen."

„Ich bin nicht beleidigt. Ich bemängele lediglich ihren Mangel an Originalität."

„Natürlich! Aber lass uns jetzt mit Neundorf weitermachen. Hier ist ihre letzte Eintragung."

3. September 2007 – 0:40 Uhr

Wie konnte er
Mir
Das nur antun
Wie konnte er
UNS
Das nur antun
Feigling!
Sich
SO
Davonzumachen -
Das hätte

Ich
Nicht von ihm erwartet
Das hätte
Ich
Ihm gar nicht zugetraut
Wie dumm von ihm
Es gerade jetzt
Zu tun
Wo DIE
Die
UNSERE Liebe
Verhindern wollte
Nicht mehr im Weg steht
Ich
habe so viel
Für
UNSER gemeinsames Glück
Riskiert
Sein Verhalten ist
RÜCKSICHTSLOS
Und
UNDANKBAR

Rita ließ Ralphs Tagebuch in ihren Schoß sinken und sah Phil nachdenklich an.

„Ralph hat sich am dritten September zweitausendsieben vom Balkon seiner Wohnung gestürzt. Ich lasse jetzt mal einen Testballon fliegen. Angela Best wurde am siebzehnten Mai zweitausendsieben ermordet, und ich habe …"

„Woher hast du die ganzen verdammten Daten?", fragte Phil verblüfft.

„Das Datum von Ralphs Selbstmord habe ich von Frau Maurer erfahren, die direkt unter dir wohnt. Und die Akte von Angela Best habe ich mir von Arti kopieren lassen."

Sie blätterte im Tagebuch *Ralph* in den Mai zurück und überflog ein paar Eintragungen.

„Ich habe langsam eine schreckliche Vermutung. Hör zu und sag mir dann, was du davon hältst", sagte sie und begann vorzulesen:

17. Mai 2007 – 23:15 Uhr

Heute
Bin ich ihr
Als Joggerin getarnt
Auf dem Parcours gefolgt
Sie läuft
Immer dieselbe Strecke
Das
Habe ich schnell herausgefunden
Ha ha ha -
Und
Das
Finde ich
Ziemlich dumm
...
Die meisten Leute
Fühlen sich sicher
Wenn sie
Immer dasselbe machen
...
Heute läuft sie

Die Strecke
Zum letzten Mal
Das weiß
Sie
Zwar noch nicht
Aber
Ich
Habe das Geplänkel der beiden
Langsam gründlich satt -
Ralph gehört
MIR
Das hätte sie längst
KAPIEREN
Und
RESPEKTIEREN
Müssen
Ralph hat ständig so getan
Als müsse
Er
Auf
Sie
Rücksicht nehmen
Und weil sie
Ihn nicht aufgeben wollte
Konnte er
Mir
Seine Liebe nicht gestehen
Meine Geduld ist am Ende
...
Früher oder später
Wird er sie vergessen

„‚Heute läuft sie die Strecke zum letzten Mal‘, klingt bedrohlich. Meinst du wirklich, sie hat diese Angela Best auch umgebracht?“

Rita sah ihn an und nickte, und Erleichterung spiegelte sich auf ihrem Gesicht.

„Sie ist mindestens eine Doppelmörderin. Damit habe ich ein weiteres Argument Horlacher gegenüber, falls er sich darüber aufregen sollte, dass ich in Dorits Wohnung war.“

„Falls ... Du beliebst zu scherzen. Aber wieso sagst du mindestens eine Doppelmörderin? Was willst du damit sagen?“

„Es existieren noch mehr Tagebücher dieser Art, und noch weiß ich nicht, was da drin steht und wem sie gewidmet sind.“

„Das wird ja immer unheimlicher“, sagte Phil und stand beunruhigt auf. „Ich muss andauernd an die Nacht denken, in der sie plötzlich vor meiner Wohnungstür stand ... und kurz danach hier in meinem Wohnzimmer.“

„Dir hätte sie vermutlich nichts getan“, beruhigte Rita ihn, blätterte weiter in Ralphs Tagebuch und überflog die eine oder andere Seite. Dabei fiel eine lose Seite heraus, die anders aussah als der Rest der Seiten aus dem Tagebuch, und flatterte auf den Boden.

Phil hob die Seite auf und las sie durch. Als er damit fertig war, sagte er konsterniert: „Es ist ein Abschiedsbrief von Ralph, der nie bei seinen Eltern ankam.“

„Was sagst du da?“

„Hier, lies selbst.“

Er händigte Rita den Abschiedsbrief aus.

Liebe Mama und Papa,

ich weiß, dass ich euch Kummer bereite, das tut mir sehr leid. Aber ich habe nicht mehr die Kraft weiterzuleben. Ich bin am Ende.

Ich kann Angelas schrecklichen Tod nicht verwinden und auch nicht den Tod unseres Babys.

Dazu kommt, ich schäme mich, es zu sagen, aber es ist wahr. Seit Angelas Tod werde ich auf Schritt und Tritt von meiner Nachbarin verfolgt. Sie lässt mich nicht mehr in Ruhe und macht mir das Leben zur Hölle.

Sie ist eine Stalkerin.

Ich hätte ihr niemals den Schlüssel zu meiner Wohnung geben dürfen. Aber, ihr wisst ja, meine vielen Pflanzen …

Seid nicht traurig, für mich ist es besser so

Ralph

„Grauenvoll", murmelte Phil und schüttelte sich. „Wenn ich mir vorstelle, dass sie es nun auf mich abgesehen hat … Dass sie immer noch einen Schlüssel zu meiner Wohnung hat … Wir müssen sie unbedingt stoppen."

„Werden wir", sagte Rita und legte Ralphs Abschiedsbrief in das ihm gewidmete Tagebuch zurück.

„Wir müssen jetzt nur noch die Mordwaffe und Neundorfs Schlüssel zu deiner Wohnung sicherstellen, dann haben wir mehr Beweise, als wir brauchen, um sie uns zu schnappen. In ihrer Küche habe ich einen großen Messerblock stehen sehen. Und der Schlüssel liegt sicher auch in irgendeiner Schublade."

Sie stand auf.

„Ich muss Horlacher anrufen. Aber bevor ich das tue, würde ich gern gleich noch einmal in ihre Wohnung rüber gehen. Du musst noch einmal kurz Schmiere stehen. Die Tagebücher und den Abschiedsbrief lassen wir als Beweisstücke gleich hier."

Sie legte die Tagebücher auf einen der Umzugskartons.

„Meinst du nicht, es wäre besser, Horlacher gleich anzurufen? Er wird schäumen, wenn du ihm gar nichts mehr zu finden übrig lässt."

„Das nehme ich in Kauf. Komm."

46

Phil stand mit dem Handy im Anschlag auf dem Flur, hielt die angelehnte Tür zu Dorits Apartment im Auge und verfolgte angespannt das Auf und Ab des Aufzugs. Plötzlich hörte er das Telefon in seiner Wohnung klingeln. Die Agentur!

Er steckte das Handy in seine Hosentasche, ging in die Wohnung, nahm den Hörer von der Station und meldete sich. Es war tatsächlich Franka, die ihm sagte, er solle sich zwei Termine notieren, und zwar …

In dem Moment hörte er den Aufzug kommen und rannte mit dem Hörer am Ohr zurück auf den Flur.

Der Aufzug kam näher.

Der Aufzug wurde langsamer.

Der Aufzug hielt.

Er verstand nichts von dem, was Franka sagte.

„Ich rufe gleich zurück“, sagte er hastig zu ihr, beendete das Gespräch und steckte den Hörer in seine Hosentasche. Dort steckte aber schon das Handy. Er ließ den Hörer in die andere Hosentasche gleiten.

Die Aufzugtür ging auf.

Dorit stieg aus, blieb bei seinem Anblick freudig überrascht auf dem Flur stehen und begrüßte ihn mit einem exaltierten „Hallo Nachbar!“.

„Hallo Nachbarin!“, grüßte Phil geistesgegenwärtig zurück, während er sich daran zu erinnern versuchte, in welcher Hosentasche was steckte, damit er unauffällig den Startknopf des Handys betätigen konnte, um Rita zu warnen.

„So ein Zufall! Ich war gerade auf dem Weg zu Ihnen … Nachbarin. Wegen Ihres Angebots neulich abends. Sie erinnern sich?“

„Natürlich", flötete sie aufgeregt, fuhr sich mit den Fingern durch ihren kindlich gerade geschnittenen Pony, warf die schulterlangen, ebenfalls gerade geschnittenen Haare zurück und bedachte ihn mit einem verführerisch gemeinten Lächeln.

Er war Rechtshänder. Deshalb musste sich das Handy in seiner rechten Hosentasche befinden. Das Handy hatte er zuerst weggesteckt.

„Kommen Sie", gurrte Dorit. „Ich mache uns eine Tasse Tee. Ich erwarte zwar einen Handwerker, deswegen bin ich heute schon früher nach Hause gekommen. Aber der ist schnell wieder weg, und dann können wir in Ruhe über alles reden."

Sie machte eine einladende Geste in Richtung ihrer Wohnungstür, aber Phil legte einen Arm um ihre Taille, was sie mit flatternden Augenlidern und einem gehauchten „Oh!" quittierte, und lenkte sie in Richtung seiner Wohnungstür.

Er fragte sich, ob sie bemerkt hatte, dass ihre Tür nur angelehnt war und ob sie womöglich irgendeinen Verdacht geschöpft hatte.

„Wenn Sie einen Handwerker in ihrer Wohnung haben, sind wir bei mir doch ungestörter", sagte er und sah ihr dabei tief in die Augen. „Und eine Tasse Tee? Nein. Ihr phantastisches Angebot schreit geradezu nach einem Glas Champagner, finden Sie nicht?"

Er konnte den verdammten Startknopf nicht ertasten!

„Champagner ... oh! ... In Ihrer Wohnung höre ich aber nicht, wenn es bei mir klingelt", wandte sie ein. Es klang aber nicht sehr überzeugend.

Zeit gewinnen!

„Wann genau erwarten Sie ihn denn?"

Sie sah auf ihre Armbanduhr.

„Wenn er pünktlich ist, in einer Viertelstunde."

„Zeit genug, um bei mir auf uns anzustoßen. Handwerker sind notorisch unpünktlich. Kommen Sie. Ich würde mich wirklich sehr freuen."

Inzwischen war seine Hand auf ihre Hüfte gerutscht, was sie erzittern ließ, und er schob sie mit sanftem Druck in Richtung der offenen Tür zu seinem Apartment.

„Wenn das so ist", sagte sie geschmeichelt und trat ein, und überquerte dann ohne zu zögern seinen Flur und ging weiter ins Wohnzimmer hinein.

Er zog hinter ihrem Rücken das Handy aus der Hosentasche, drückte den Startknopf, hörte es noch in Dorits Wohnung klingeln, dann folgte er ihr in seine.

Während seines kleinen Manövers war Dorit im Wohnzimmer bis zu dem Umzugskarton vorgedrungen, auf dem ihre Tagebücher lagen. Sie erkannte sie sofort, stieß einen empörten Fluch aus, riss sie an sich und rannte an Phil vorbei aus seiner Wohnung über den gemeinsamen Flur in ihre Wohnung.

Phil folgte ihr automatisch.

Es wunderte sie offenbar nicht, dass ihre Wohnungstür nur angelehnt war, denn sie rannte sofort weiter in ihre Küche, schmiss die Tagebücher auf die Arbeitsplatte und zog, fluchend und außer sich vor Wut, das große Fleischermesser aus dem Messerblock.

In dem Moment kam Rita dazu.

„Mit dir werde ich auch noch fertig!", schrie Dorit, hob den Arm mit dem Messer in der Hand und stürzte sich wutentbrannt auf sie.

„Pass auf, Rita!", schrie Phil und eilte ihr zur Hilfe.

Dorit drehte sich zu ihm um, war sich einen Augenblick nicht sicher, auf wen sie sich zuerst stürzen sollte, und in dem Moment verpasste ihr Rita einen gezielten Schlag mit der

Handkante gegen den Unterarm, der Dorit das Messer aus der Hand schlug, und zwang sie in die Knie.

„Das wirst du mir büßen, du Dreckstück!", schrie Dorit und wand sich wie ein Aal.

„Gelernt ist gelernt", sagte Phil anerkennend und stieß das Messer mit dem Fuß außer Reichweite, während die beiden Frauen kreuz und quer ineinander verkeilt verbissen am Boden weiter miteinander rangen.

„Das wirst du mir büßen, du alte Fotze!", keuchte Dorit.

Phil verfolgte ihren Kampf mit gemischten Gefühlen, bereit Rita zur Seite zu springen, falls es notwendig werden sollte. Aber eigentlich vertraute er auf ihre Geschicklichkeit, ihre körperliche Verfassung und ihre kämpferische Überlegenheit. Bei solchen Gelegenheiten zahlte sich ihr ständiges Karate-Training aus. Immerhin besaß sie den schwarzen Gürtel und war für Ungeübte unschlagbar. Andererseits schien es gar nicht so einfach für sie zu sein, ihre Gegnerin außer Gefecht zu setzen. Dorit entwickelte Bärenkräfte. Sie hatte wieder diesen beunruhigend flackernden Blick in den Augen und war ganz offensichtlich nicht bereit, so einfach sang- und klanglos aufzugeben. Sie wehrte sich mit Händen und Füßen. Schlug und trat wild um sich. Versuchte sogar ein paar Mal, Rita das Gesicht zu zerkratzen und sie zu beißen. Dabei schrie und fluchte sie dermaßen unflätig, dass selbst ein beinharter Rüpel rote Ohren bekommen hätte.

Sie hörte erst damit auf, nachdem es Rita mit einem Profigriff gelungen war, sie zu überwältigen, ihr die Arme unsanft auf den Rücken zu drehen und ihre Hände mit einer dieser praktischen Einweghandfesseln aus Kunststoff zusammenzubinden, die sie seit neuestem anstelle der viel eindrucksvolleren Handschellen bei sich trug, weil sie angeblich leichter und zusammenfaltbar waren und überhaupt nicht auftrugen.

Sie war noch damit beschäftigt, auch Dorits Füße zu fesseln, als es an der Tür klingelte.

„Das ist der Handwerker", sagte Phil und amüsierte sich königlich über Ritas verständnislosen Blick.

47

Als Horlacher kurz danach mit seinem Tross der Spurensicherung eintraf, drückte ihm Rita die beiden Tagebücher und den Abschiedsbrief von Ralph in die Hand und wollte sich davonmachen.

„Moment mal! Was ist das?“, fragte er misstrauisch.

„Beweismaterial“, antwortete sie.

Er baute sich empört vor ihr auf.

„Sag mal, hast du eigentlich alles vergessen, was man dir auf der Polizeischule beigebracht hat?“, schnaubte er wütend drauflos. „Schon mal was von einem Durchsuchungsbefehl gehört?“

„Es bestand die Gefahr, dass Sie … Es bestand Gefahr im Verzug“, erklärte Rita in einwandfreiem Polizeideutsch.

„Was du nicht sagst! Das musst du mir aber schon etwas genauer erklären.“

„Da gibt es nichts weiter zu erklären. Gefahr im Verzug herrschte bereits ab dem Zeitpunkt, als Dorit Gessler Phil das Alibi-Angebot machte“, erklärte Rita.

„Was für ein Alibi-Angebot? Und warum erfahre ich das erst jetzt?“, polterte er wütend weiter.

„Ich wollte unter gar keinen Umständen riskieren, dass sie vorzeitig Verdacht schöpft …“

„Hältst du uns für Idioten?“

Er war puterrot angelaufen.

Die von der Spurensicherung hielten einen Moment in ihrer Arbeit inne und sahen ihren Chef an. Phil sah Rita an. Und Dorit Gessler fing hysterisch an zu lachen.

Rita zog Horlacher hinaus auf den Flur, wo sie ungestört waren.

„Ihr habt Phil verdächtigt. Meine Aufgabe war es, seine Unschuld zu beweisen, und mehr habe ich nicht getan. Dorit Gessler hat Nicole Fischer umgebracht, und das ist noch nicht alles. Sie hat auch Angela Best, die Freundin von Ralph Neundorf niedergestochen."

Horlacher zog hörbar die Luft ein.

„Angela Best? War das nicht die Joggerin?"

Rita nickte.

„Wie kommst du darauf?"

Sie tippte auf die Tagebücher und den Abschiedsbrief in Horlachers Hand.

„Steht alles da drin … mit Datum und Uhrzeit. Unglaublich! Zum Einrahmen schöne Geständnisse. Dorit Gessler ist eine Stalkerin und … mindestens eine Doppelmörderin."

„Was soll das jetzt schon wieder heißen?", fragte Horlacher in einem Ton, der signalisierte, dass er kurz davor stand zu explodieren.

„Von diesen Tagebüchern gibt es noch mehr. Sie stehen auf dem Bücherbord in ihrem Schlafzimmer. In der Küche auf der Arbeitsplatte steht ein Messerblock, der vielleicht von Interesse ist. Mit dem fehlenden Messer, das jetzt irgendwo auf dem Küchenboden liegt, hat sie mich vorhin angegriffen. Es könnte die Tatwaffe sein. Und der Schlüssel zu Phils Apartment, vormals Neundorfs Apartment, taucht sicher auch noch irgendwo in ihrer Wohnung auf."

„Erklärst du mir jetzt auch noch, wie ich meine Arbeit machen muss?"

„Nein. Aber für mich ist es eben einfacher, einen Coup zu landen. Ich kann mich ohne große Umstände aus vielen Töpfen bedienen und die Informationen schneller umsetzen, als ihr das bei der Polizei könnt."

„Weil du dich über alle Vorschriften hinwegsetzt", schnaubte er.

„Ach was. Das bisschen Durchsuchungsbefehl ... Die gestrenge Staatsanwaltschaft ... Es ist vielleicht nicht alles polizeikonform verlaufen. Aber ich bin nicht mehr bei der Polizei und bei Dorit Gessler war allerhöchste Eile geboten. In meinen Augen ist sie eine brandgefährliche Wiederholungstäterin, und dementsprechend habe ich mich verhalten."

„Du hättest mich früher informieren müssen."

„Früher? Wieso? Und worüber? Sie machen Ihren Job. Ich mache meinen."

Er machte eine Bewegung, als ob er viel aufgestauten Frust abschütteln müsse.

„Wo du Recht hast, hast du Recht. Ich ärgere mich nur jedes Mal aufs Neue, wenn es dir gelingt, einen Fall erfolgreich abzuschließen, an dem ich noch arbeite ... Vor allem aber bin ich sauer, dass du die Abteilung verlassen hast. Wir waren ein gutes Team. Unkonventionelle ..."

Er hielt inne und sah sich blitzschnell um, ob sich das Team der Spurensicherung immer noch außer Hörweite aufhielt.

„Unkonventionelle Leute wie dich braucht die Polizei."

Sie lachte.

„Ich glaube, ich habe mich verhört. Sagten Sie eben wirklich ‚unkonventionelle Leute wie dich' ...?"

„Ja, zum Teufel!"

„Sie kennen den Grund, weshalb ich den Polizeidienst an den Nagel gehängt habe. Ich konnte damals nicht anders handeln."

Er kannte den Grund nur allzu gut. Er hieß Jessika, und war ihre kleine Schwester gewesen. Sie war entführt, missbraucht und jahrelang vermisst worden, und Rita hatte einfach weiter nach ihr suchen müssen, nachdem der Polizeiapparat auf ein

Minimum reduziert und schließlich ganz von dem Fall abgezogen worden war. Aber sie war dran geblieben und hatte Jessika gefunden – tot. Und bei dieser Gelegenheit hatte sie gleich einen lokalen Pädophilenring gesprengt. Genau das war es, weshalb er sich ärgerte, dass sie nicht mehr in seinem Team war. Sie hatte das, was er Gespür nannte, und sie war eine seiner besten Mitarbeiterinnen gewesen.

„Aber ich muss gestehen, dass mir gerade die von Ihnen angekreideten kleinen Freiheiten, die ich mir jetzt hin und wieder bei meiner Arbeit gestatte, inzwischen richtig Spaß machen. Sollte sich daran je einmal etwas ändern, werden Sie es als Erster erfahren."

Kleine Freiheiten? Wovon, zum Teufel, redete sie? Horlacher hatte den Faden verloren. Dann erinnerte er sich wieder.

„Kleine Freiheiten!", stöhnte er und verdrehte die Augen. „Du bist ein harter Brocken, Rita, aber ... Ach was! Also dann bis zum nächsten Mal!"

Sie gaben sich die Hand.

„Bis zum nächsten Mal!"

48

Die Tür zu Gregor Wolfs Apartment stand offen, als Phil aus dem Aufzug auf den gemeinsamen Flur ihres Stockwerks trat. Vor Wolfs Tür standen ein paar Umzugskartons, seine Stehlampe in Gestalt eines übergroßen Gummibärchens, und an der Wand lehnten die beiden Bar-Bilder mit den Frauen hinter den Theken. Er selbst lief geschäftig in seiner fast leer geräumten Wohnung hin und her.

„Sie ziehen aus?“, fragte Phil. Seine Stimme hallte in den leeren Räumen und sie klang ein bisschen traurig.

„Ja, aber nur zwei Stockwerke höher“, antwortete Wolf und kam zur Tür. „Langsam wird es mir auf dieser Etage zu ungemütlich. Es ist zu viel Negatives passiert. Erst die Sache mit Neundorf, jetzt mit Ihnen ...“

„Unsere Nachbarin wird so schnell nicht mehr hierher zurückkommen.“

„Mag sein. Aber jeden Morgen, wenn ich aus meiner Wohnung komme, sehe ich als Erstes auf ihre Tür. Das verdirbt mir gleich die gute Laune. Ich kann immer noch nicht glauben, jahrelang gegenüber einer Stalkerin und Mörderin gewohnt zu haben. Ich wäre nie auf den Gedanken gekommen, dass ausgerechnet diese Frau ...“ Er winkte ab. „Aber das sagt man hinterher immer. Mir reicht die Erinnerung, die mich jeden Tag auf dem Weg zur Tiefgarage überfällt oder wenn ich vor meinem Parkplatz stehe. Ich werde den Anblick der Toten so schnell nicht vergessen und habe mich schon ein paar Mal gefragt, wie Sie das als Betroffener aushalten. Ich jedenfalls fühle mich auf diesem Stockwerk nicht mehr wohl.“

„Von Aushalten kann überhaupt nicht die Rede sein. Eigentlich geht es mir genauso wie Ihnen. Ich habe nämlich auch schon über einen Umzug nachgedacht. Wenn ich es mir recht überlege, würde ich lieber heute als morgen ausziehen. Aber ganz von hier wegziehen möchte ich nicht. Ich wohne gern im Asemwald. Wenn man an die, im wahrsten Sinne des Wortes, himmlische Aussicht vom achtzehnten Stockwerk gewöhnt ist, kann man nicht einfach so mir nichts dir nichts wieder auf den Boden zurückkehren.“

Wolf nickte zustimmend.

„Außerdem ist es vom Asemwald zum Flughafen nur ein Katzensprung. Für einen wie mich, der öfter im Flugzeug sitzt als in seiner Wohnung, ein ziemlich überzeugendes Argument.“

Wolf dachte einen Moment nach.

„Wenn es Ihnen wirklich ernst ist mit dem Ausziehen wollen ... Neben meiner neuen Wohnung wird noch eine frei. Allerdings erst in drei Monaten. Sie gehört demselben Vermieter und hat denselben Grundriss wie Ihre jetzige. Und, weil Sie unsere Aussicht ansprachen, von dort oben ist sie natürlich noch besser. Soll ich meinem neuen Vermieter sagen, dass Sie interessiert sind?“

„Das wäre toll. Ich würde meine Wohnung sofort kündigen. Richtig angekommen bin ich hier ja eigentlich auch nicht, geschweige denn eingerichtet. Ich hatte bislang einfach nie die Zeit dazu, die Ärmel einmal richtig hochzukrempeln und loszulegen. Vor ein paar Tagen habe ich das noch bedauert. Jetzt bin ich froh darüber. Wenn es mit der neuen Wohnung klappen würde, wären wir auch wieder Nachbarn, worüber ich mich sehr freuen würde.“

„Ich mich auch.“

Sie gaben sich spontan die Hand, und Wolf schlug Phil freundschaftlich auf die Schulter.

49

Als Phil am nächsten Tag, kaum dass er die Tür hinter ihr geschlossen hatte, mit den tollen neuen Aussichten herausgeplatzte, gratulierte ihm Rita und sah sich in seiner Wohnung um.

„Sehr praktisch. Dann brauchst du deine Umzugskartons nur zwei Stockwerke höher befördern. Du hast vielleicht einen Dusel."

Phil lachte.

„Na ja. Noch habe ich die Wohnung nicht. Übrigens nett, dass du reingeschaut hast. Möchtest du einen Kaffee oder etwas Stärkeres?"

„Natürlich einen Kaffee aus deiner neuen bildschönen Turbo-Kaffee-Maschine."

„Ich habe gar nicht mit dir gerechnet. Wolltest du heute nicht den Eltern von Angela Best einen Besuch abstatten und sie darüber informieren, wer ihre Tochter umgebracht hat?"

Rita machte ein ernstes Gesicht.

„Das habe ich, Gott sei Dank, schon hinter mich gebracht. Erinnere mich bloß nicht daran! War nicht sehr angenehm, wie du dir denken kannst. Aber jetzt komme ich gerade von Dr. Hauser."

Er riss die Augen auf.

„Was ist los? Bist du krank?"

„Nein. Dr. Hauser ist Psychiater. Er hat unsere Kleo viele Jahre lang betreut und begleitet und hat mir praktisch ihre ganze Lebensgeschichte erzählt."

„Wie bist du denn auf den gekommen?

„Meine Buschtrommeln … Kleo hat beim ersten Verhör statt einen Anwalt zu verlangen zuerst nach Dr. Hauser gerufen."

„Unterliegen Ärzte nicht der Schweigepflicht?"

„Im Allgemeinen schon. Aber davon abgesehen ist ihre Lebensgeschichte Allgemeingut. Sie geht nämlich auf einen fatalen Hausbrand vor fünfzehn Jahren zurück, bei dem ihre beiden kleinen Brüder getötet wurden. Den Brand hat Kleos Mutter gelegt, mit der Absicht, ihre drei Kinder zu töten. Sie wollte ihren Mann damit bestrafen, der sich wegen einer Anderen von ihr scheiden lassen wollte."

Phil schüttelte fassungslos den Kopf.

„Kleo war das einzige Kind, das überlebt hat. Der grausige Fall und die anschließende Gerichtsverhandlung beherrschten damals wochenlang die Medien. Ich kann mich noch dunkel an die Geschichte erinnern."

„Erzähle!"

50

„Ich habe schon zu meiner Tochter gesagt, dass Sie gern auch länger bei mir wohnen können. So lange, wie Sie wollen. Ich habe genügend Platz. Aber es muss ja unbedingt ein Hochhaus sein."

Ritas Mutter stellte das Tablett mit dem Kaffee-Geschirr auf den Tisch und begann damit, es auf drei Plätze zu verteilen. Ein Blumenstrauß und ein selbstgebackener Apfelkuchen zierten bereits die Mitte des Tisches und waren ein Willkommensgruß an Phil.

„Es muss unbedingt die tolle Aussicht sein", widersprach Phil sanft und lächelte charmant.

Wolfs Vermittlung hatte geklappt. Phil hatte seinen neuen Mietvertrag schon in der Tasche und die alte Wohnung noch am selben Tag gekündigt. Bis er aus dem alten Vertrag raus kam und in die neue Wohnung einziehen konnte, hatte er Ritas Angebot angenommen, bei ihrer Mutter zu wohnen. In dieser Umgebung hoffte er, sich endlich einmal wieder richtig entspannen und auf seine Arbeit konzentrieren zu können.

„Nun ja. So eine schöne Aussicht kann ich Ihnen natürlich nicht bieten, dafür sind Sie bei mir vor Mörderinnen und ... Wie heißt das, was solche Frauen machen jetzt auf Neudeutsch? Ich vergesse es immer wieder."

„Stalken", sagte Rita.

„Das ist nur eine neue Bezeichnung für ein uraltes Problem. Zu Zeiten Freuds nannte man das Liebeswahn, Erotomanie oder obsessive Besessenheit. Aber schon in der Antike weisen Hippokrates, Plutarch oder Galen auf dieses Phänomen hin und nennen es Liebesraserei oder Liebestollheit."

Phil und Rita sahen sich verblüfft an.

„Du meine Güte, Mama! Woher weißt du das alles?"

„Ich lese nicht nur die *Crime Library*", antwortete sie ein bisschen von oben herab und dozierte dann weiter, als sei das ihr Spezialgebiet.

„Eine Geschichte, die in diesem Zusammenhang immer wieder zitiert wird, muss ich euch noch erzählen. Nämlich die einer dreiundfünfzigjährigen Französin, die Anfang des zwanzigsten Jahrhunderts von sich reden machte, weil sie davon überzeugt war, dass der englische König Georg V in sie verliebt sei. Sie wartete tagelang vor dem Buckingham Palace auf den Angebeteten und behauptete, dass immer, wenn sich der Vorhang am linken Ostflügel des Schlosses bewege, ihr der König ein Zeichen seiner Liebe gäbe."

„Meine Nachbarin hat sich nicht nur mit Anhimmeln aus der Ferne zufrieden gegeben", bemerkte Phil.

„Ich kann auch mit Handfesterem aufwarten. Oder was glaubt ihr, verbirgt sich hinter Schlagzeilen wie: *Die Nasa entlässt liebestolle Astronautin* oder *Liebestolle Rentnerin stellt Pfarrer nach*?"

„Die Astronautin Lisa Nowak darf nicht mehr ins All fliegen, weil sie sich wegen versuchter Entführung, versuchter Körperverletzung und versuchten Diebstahls vor Gericht verantworten muss", antwortete Rita postwendend. „Erwähnenswert in diesem Zusammenhang ist noch, dass sie auf dem Weg zu ihrer Rivalin von Texas nach Florida, einer Strecke von Eintausendfünfhundert Kilometern, Windeln trug, damit sie keine Pause einlegen musste.

Und was die liebestolle Rentnerin angeht, die hatte ihrem zwölf Jahre jüngeren Schwarm sechs Jahre lang nachgestellt, ihn täglich mit obszönen Nachrichten aufs Handy und ebensolchen Anrufen bombardiert und das Pfarrhaus und den Garten mit Blumen, ihren Dessous und anderen Liebesbekundungen dekoriert.

Du siehst, ich lese auch Zeitung."

„Es gibt Leute, die behaupten, Liebeswahn wäre die Volkskrankheit der Zukunft. Wer einsam ist, nimmt sich seinen Wunschpartner – notfalls mit Gewalt", konterte Ritas Mutter ohne groß überlegen zu müssen und ging in die angrenzende Küche, um den Kaffee zu holen.

„Und mitunter endet es tödlich. Und damit meine ich jetzt nicht den Fall Dorit Gessler, sondern erinnere an das wohl prominenteste Stalking-Opfer, den Ex-Beatle John Lennon, der von seinem treuesten Fan, Mark Chapman, ermordet wurde. Als jüngstes, fast so bekanntes Opfer eines Stalkers gilt die englische TV-Moderatorin Jill Dando, die in London vor ihrem Haus von ihrem Stalker Barry George mit einem Kopfschuss aus nächster Nähe getötet wurde."

„Liebeswahnsinnige greifen in der Regel aber lieber zum Messer statt zur Pistole", bemerkte Ritas Mutter überlegen auf ihrem Rückweg ins Wohnzimmer und begann den Kaffee in die Tassen zu gießen und den Kuchen aufzuschneiden und auf die Teller zu verteilen.

„Ganz aktuell ist der Fall der in Schweden wegen Mordes angeklagten Studentin aus Hannover", fuhr Rita souverän in ihrer Aufzählung fort. „Und die hat die beiden kleinen Kinder ihrer Rivalin erschlagen."

„Aufhören!", flehte Phil. „Das ist ja furchtbar. Ich ziehe doch nicht hierher, um damit zugeschüttet zu werden, wovor ich geflohen bin."

Ende

CRAZY FOR YOU

Swaying room as the music starts
Strangers making the most of the dark
Two by two their bodies become one

I see you through the smoky air
Can't you feel the weight of my stare
You're so close but still a world away
What I'm dying to say, is that
I'm crazy for you

Touch me once and you'll know it's true
I never wanted anyone like this
It's all brand new, you'll feel it in my kiss
I'm crazy for you
Crazy for you

Trying hard to control my heart
I walk over to where you are
Eye to eye we need no words at all

Slowly now we begin to move
Every breath I'm deeper into you
Soon we two are standing still in time
If you read my mind, you'll see
I'm crazy for you

Touch me once and you'll know it's true
I never wanted anyone like this
I'ts all brand new, you'll feel it in my kiss

You'll feel it in my kiss because
I'm crazy for you
Crazy for you
Crazy for you
Crazy for you
(1985 Hit Single recorded by Madonna)